KB177911

환영

김이설 장편소설

자음과모음

차례

왕백숙

왕 사장이 아랫도리에 코를 박고 킁킁거렸다. 툭, 툭, 투둑, 투두둑. 나뭇가지에 쌓인 눈이 자꾸 쏟아졌다. 폭설로 천지가 눈이었다. 입춘이 목전인데 한파주의보가 내렸다. 이래저래 백숙을 먹는 손님이 드물었다. 이모님과 언니를 먼저 보낸 왕 사장은 초저녁부터 나와 뒹굴었다. 집에 갈 생각이 없어 보였다. 방문 앞의 치우지 않은 저녁상에서 묵은지 냄새가 가시질 않았다. 문밖에서 오토바이 소리가 들렸다.

　"아빠, 나와!"

　태민이었다.

"저 새끼 아비가 여자랑 있는 꼴을 못 본다니까!"

왕 사장이 알몸에 바지만 꿰입고 헐레벌떡 별채를 나섰다. 열린 문 사이로 태민과 눈이 마주쳤다. 나도 실오라기 하나 걸치지 않은 채였다. 왕 사장이 그제야 문을 닫았다. 쾅, 바람도 부는 모양이었다. 나는 구겨진 팬티를 찾아 입었다. 검은 창밖에 허연 것이 후둑 떨어졌다. 처마에서 떨어지는 눈이었다. 쌓인 눈을 잔뜩 퍼먹으면 이 갈증이 가라앉을까. 나는 옷을 입다 말고 창문을 열었다. 공기가 맨살을 찢듯이 매서웠다. 온몸이 얼어붙을 것 같았다. 얼른 창문을 닫았다.

운전을 하면서도 왕 사장은 내내 줄담배였다. 그만 좀 피워요. 왕 사장이 차창을 내렸다가 다시 올렸다. 그렇다고 차 안에 고인 담배 연기가 사라지는 건 아니었다.

"넌 딸이지?"

"네."

"아들 새끼는 다 저런 건가, 씨발."

"왜요?"

"아비를 돈 찍어내는 은행인 줄 알잖아. 너도 키워봐라."

"악담하지 마세요."

그러고 보니 아이를 못 본 지 석 달이 넘었다. 명치께가 뜨거워졌다.

자정이 넘은 국도는 한산했다. 안녕히 가십시오. 시와 도의 경계를 알리는 표지판이 어둠 속에서 번쩍였다. 어디에도 보이지 않는 선을 아침저녁으로 넘나들었다. 저 표지판을 볼 때마다 일 년여 전, 왕백숙집으로 출근하던 첫날 아침이 떠올랐다.

그날 아침은 바람이 거세게 불었다. 경계 표지판이 심하게 흔들렸다. 시에서 도로 들어섰다. 안녕히 잘 가시라는 말 때문에 다른 세계로 들어간 것 같았다.

"미안해."

남편의 목소리가 잘 들리지 않았다.

"그런 소리 말아요."

나는 남편에게 웃어 보였다. 방 안에만 있던 아이가 문을 열자 찬 공기에 놀라 부르르 진저리를 쳤다.

"조심해서 다녀와."

나는 고개를 끄덕였다. 아이 손을 한 번 더 만지고 뒤돌아섰다. 생이별이라도 하는 것처럼 묘하게 서글펐다. 아이를 안은 남편의 푸른 수염 자국이, 좀처럼 살이 오르지 않는 아이의 앙상한 모가지가 그랬다. 나는 서둘러 문을 닫았다. 닫힌 문 저편에서 남편의 목소리가 들렸다. 아영이랑 내 걱정은 말고, 잘 다녀와. 발걸음이 떨어지질 않았다.

새벽부터 남편이 내 뒤를 졸졸 따랐다. 아이가 깬 뒤로는 아이를 안고 계속 내 주변을 맴돌았다. 밥을 안치고, 국을 덥혀놓고, 모유를 한 번 더 짰다. 세수를 하고, 로션을 바르고, 속옷을 갈아입는 것도 물끄러미 바라봤다. 뒤돌아서는 것 외에는 달리 방법이 없는 단칸방에서의 외출 준비였다. 이제 막 백일이 지난 아이도 멀뚱하게 나를 쳐다봤다. 나는 옷을 다 입고, 머리를 묶었다. 남편이 옆에서 거들었다.

"저기, 립스틱이라도 발라야 하지 않겠어?"

잠시 머뭇거리다가 바셀린을 발랐다. 마땅히 찍어 바를 만한 화장품이랄 것이 없었다. 남편에게 아이를 받아 젖을 먹였다. 미리 짜놓은 젖을 어떻게 먹여야 하는지 설명하려다가 말았다. 열 번도 넘게 말한 것이었다.

"점심 꼭 챙겨 먹어요. 냄비에 국 있고, 냉장고에……."

그 말도 이미 대여섯 번은 했다. 남편은 연방 알았다고 대답했다. 아이가 입을 오물거리며 옹알이를 했다. 남편은 제 몸 하나 마음대로 못 움직이는 아이의 손을 잡아 흔들었다. 아영아, 엄마 안녕히 다녀오세요, 해야지. 나는 아이의 볼을 매만졌다.

아이를 낳은 지 보름 뒤부터 일을 했다. 남편은 차마 말리지도 못했다. 딱히 다른 방법이 없었다. 몸이 성하지 않았으니 오래 할 수 있는 일은 못 했다. 지하철역 출구 앞에서 전단지를 나눠주거나, 상가 주차장의 자동차에 광고 명함을 꽂았다. 아파트 우편함에는 대출 안내 광고지를 넣기도 했다. 학원, 식당, 찜질방, 술집, 키스방, 모텔 등 가지각색의 광고지를 뿌리고 다녔다. 두어 시간 일하고 돌아와 젖을 물리는 일은 어렵지 않았지만, 돈이 되지 못했다. 결단을 내려야 했다.

책을 펴고 있어야 할 사람에게 아이를 맡기는 일이 영 석연치 않았다. 두세 시간 간격으로 젖을 데워 먹이고, 기저귀를 갈아야 한다. 공부에 집중하기 어려울 것이다. 열일곱 살 이후로 단 한 순간도 쉬어본 적 없이 돈벌이를 했지만, 이렇게 집을 나서는 일이 꺼림칙한 적은 없었다. 당장 생활비가 없어서 나가는 것이 새삼스러운 일도 아니었는데 발걸음이 무거웠다.

옥상에서 대문으로 이어지는 좁고 가파른 계단이 아슬아슬했다. 사층 건물 옥상에서 살기 시작한 건 예정일을 한 달 앞두고서였다. 늦더위가 기승인 데다 만삭이어서 시장이라도 다녀오려면 온몸이 홀딱 젖곤 했다. 진통이 시작돼 아이를 낳으러 내려갈 때는, 내 평생 살아온 시간보다 더 길게 느껴졌다. 녹이 슨 오래된 철제 계단은 닳고 닳아 미끄러운 데다가 건덩댔다. 눈이라도 오면 어쩌나 싶었다. 안 그래도 눈이 올 것 같은 하늘이었다. 나는 서둘러 골목을 내려갔다. 사거리까지 이어진 내리막길을 뛰었다. 숨이 머리 꼭대기까지 차올랐다. 파란불이 깜박였다. 나는 있는 힘껏 뛰었다. 등 뒤로 요란한 경적 소리가 들렸다.

"막가자는 거네? 아줌마가 미쳤어. 겁도 없이 막 덤벼?"

차창을 내린 사내가 실실댔다. 보니, 왕 사장이었다. 나는 꾸벅 고개를 숙였다. 승합차 문이 열렸다. 엉거주춤 차에 올랐다. 문을 닫기도 전에 차가 출발했다. 나는 중심을 잡지 못하고 넘어졌다. 그 바람에 먼저 앉아 있던 여자의 무릎에 앉아버렸다.

"인사를 엉덩이로 해?"

안녕하세요, 맞은편으로 옮겨 앉으며 엉거주춤하게 고개를 숙였다.

"생초짜야. 잘 가르쳐!"

"잘 배워야 잘 가르치죠. 여긴 주방, 이모님이라고 부르면 돼. 나는 홀이구. 그냥 언니라고 불러."

네. 나는 다시 한 번 목례를 했다. 이모님은 오십대, 언니는 사십대쯤 돼 보였다. 차가 심하게 흔들렸다. 운전 참 지랄같이 하네. 이모님이 창문에 낀 습기를 닦으며 낮게 내뱉었다.

나는 역방향으로 앉은 터라 흔들림이 더 크게 느껴졌다. 히터를 틀지 않아 숨 쉴 때마다 코에서 하얀 김이 솟았다. 눈발이 날리기 시작했다. 첫눈이었다. 아이가 떠올랐다. 예쁘고 좋은 걸 보면 아이부터 생각났다. 세상에 나온 지 백일밖에 되지 않았을 때였다. 나의 촉수는 언제나 아이를 향해 있었다. 적어도 그때의 나는 제대로 된 어미였다.

내가 밥을 먹는 것도, 잠을 자는 것도 모두 아이를 제대로 키우기 위해서였다. 밥을 잘 먹어야 젖이 잘 돌고, 잠을 잘 자야 아이에게 웃을 수 있었다. 남편에게 아이를 맡기고 일을 하겠다고 나선 것도 결국 아이를 위한 것이었다. 굶을 수는 없었다. 공무원 시험 준비를 해왔던 남편을 내보내는 것보다 내가 나서는 것이 당연했다. 남편이 시험에 붙어야 하는 이유도 아이 때문이었다. 이제 세상의 모든 이유는 아이 때문이어야 했다. 내 배로 낳은 아이였으므로, 나처럼 살게 할 수는 없었다. 그건 남편도 마찬가지일 것이었다.

시의 경계를 벗어나자 풍경이 금세 달라졌다. 낮은 건물들과 좁은 도로로 바뀌더니, 순식간에 제법 큰물이 도로 옆으로 등장했다. 그 건너편에 고속도로가 보였다. 고개를 빼 들어보니 물가에는 갈대와 철새가 어울려 운치 있어 보였다. 곧이어

화려한 건물들이 드러났다. 물가를 따라 가든, 오리탕, 토끼탕, 백숙 등의 간판이 보였다. 레스토랑도 있었고 카페도 많았다. 모텔도 군데군데 박혀 있었다. 지난번에 들를 때는 알아보지 못했던 것들이었다.

"이 동네를 좀 알기는 알아?"

언니가 물었다.

"아뇨."

내 형편에 어림없는 소리였다. 가든에서 파는 고기가 얼마나 하는지 감도 잡히지 않았다. 게다가 이렇게 도시 외곽의 별장 같은 곳에서 파는 고기라면 그 값이 더하지 않을까. 대체 얼마나 비쌀까. 모텔이나 레스토랑, 카페 같은 단어도 나와는 멀었다. 남편은 믹스 커피를 달고 살았지만 나는 한 잔만 마셔도 좀처럼 잠을 잘 수가 없는 사람이었다. 살림을 합치기 전에 남편과 나는 주로 고시원 건물의 옥상에서 만났다. 아니면 서로의 방으로 숨어들어갔다.

거주하는 사람이 없어 버스 정류장 하나 없는 이곳까지 찾아오는 사람들이 궁금했다. 이런 풍경 속에서 밥을 먹고 차를 마시고 혹은 몇 시간 뒤엉켜 관계를 하는 데 돈을 쓰는 사람들은 어떤 사람들일까. 얼마나 많은 사람들이 찾아오면 이렇게 많은 식당과 모텔과 카페가 줄지어 서 있는 것인지. 별세

계였다.

"내려!"

왕 사장이 크게 소리쳤다.

"그래서 어디 귀청 떨어져? 아, 근데 얘는 왜 이래."

승합차 문을 못 열고 쩔쩔매자 이모님이 비키라고 어깨를 툭 밀었다. 드르륵, 이모님은 쉽게 문을 열었다. 눈발은 여전했고, 찰찰거리는 물소리가 가깝게 들렸다. 왕 사장 뒤로 이모님, 그 뒤로 언니, 맨 뒤에 내가 종종걸음으로 식당으로 들어갔다. 모두들 화난 사람처럼 숨이 차도록 빨리 걸었다. 식당에 들어가기 전에 고개를 돌려 간판을 보았다. 주차장 입구에 세워진 간판이었다. 왕백숙. 흰 바탕에 검은색 글씨가 힘 있어 보였다. 나도 주먹을 꽉 쥐고 식당 안으로 들어갔다. 첫 출근이었다.

겨울의 백숙집이 바쁠 게 뭐 있을까, 싶었던 내 생각은 틀린 것이었다. 첫날이었던 나는 모든 것이 서툴렀고, 서툴렀기 때문에 더 힘들었다.

"오늘은 첫날이니까 내가 일직 설게."

일직은 자정까지 가게 일을 마저 정리하는 일이었고, 언니와 내가 번갈아 할 일이었다. 이모님은 나와 언니보다 먼저 퇴근한다 했다. 집에 들렀다가 다른 식당으로 나간다는 것이었다. 그럼 잠은 언제 자요?

"졸릴 때 자지."

"자지, 응?"

언니가 킬킬댔다.

"아침부터 왜 그러냐. 쫄병 생겨서 신났냐?"

이모님이 뭐라 해도 언니는 킬킬댔다. 언니는 수험생 아들이 있었고, 아들이 대학에 갈 때까지만 일을 하겠다고 했다. 제발 그래라, 라고 말한 건 이모님이었다. 이모님은 신상에 대한 이야기를 꺼내지 않았고 좀처럼 웃음기를 보이지도 않았다. 왕 사장에게 유일하게 대꾸를 할 수 있는 사람도 이모님뿐이라는 언질을 해준 건 언니였다. 주방 옆의 쪽방에서 유니폼을 꺼내주었다. 유니폼은 나에게 컸다. 주황색 앞치마를 두르니, 그제야 실감이 났다.

"화장품은 가져왔지?"

나는 고개를 저었다.

"정말 아무것도 모르는 거야?"

언니는 자기 화장품 가방을 내밀었다.

"분이라도 바르고, 입술이라도 칠해. 손님 맞는 사람이 어떻게 맨 얼굴을 내미니. 너도 참 생각이 없다."

시키는 대로 발랐다. 언니와 똑같은 색깔의 립스틱을 바르고 똑같이 개량 한복 유니폼을 입었다. 머리도 하나로 묶어 머리 망에 넣었다. 나를 물끄러미 바라보던 언니가 코앞으로 얼굴을 들이밀었다.

"찍어 바르니 호박은 아니네. 하긴 사장이 아무나 뽑았을 리가 없지. 그런데 왕 사장한테 들은 이야기 없어? 정말 아무 것도 몰라?"

"나와라, 어서!"

방문 밖에서 왕 사장이 소리쳤다. 내가 먼저 알고 있어야 할 것이 무엇인지, 오히려 내가 묻고 싶었다. 제일 먼저 해야 할 일은 청소였다. 왕 사장은 언니에게 잘 가르치라고 몇 번 이나 잔소리를 했다.

홀 청소부터 시작했다. 좌식 테이블이 있는 방 다섯 개와, 입식 테이블 열 개가 넘는 홀을 쓸고 닦는다. 손걸레로 창틀 과 창가에 줄지어 세워놓은 화초 이파리까지 닦는다. 다음 은 별채 청소였다. 별채는 총 다섯 동으로 건물 밖, 물가가 보 이는 곳에 따로 자리한 별개의 건물들이었다. 방갈로처럼 생 긴 별채는 방과 세면실이 붙은 형태였다. 방에는 노래방 기계 가 붙은 텔레비전과 큰 상, 화투와 담요, 방석이 있었다. 한쪽 에는 이불도 개켜 있었다. 역시나 쓸고 닦는다. 겨울에는 쓰 지 않는다는 야외의 대형 평상도 한 번씩은 쓸라고 했다. 그

다음은 본채의 화장실 청소였다. 락스를 부어 냄새를 없애는 게 중요하다고 했다. 나는 언니가 시키는 대로 락스를 붓고, 솔질을 하고, 물을 내렸다. 언니는 내 뒤에서 조목조목 가르쳤다. 청소를 다 하고 식당 안으로 들어오니, 뭉근한 밥내가 맡아졌다. 어느새 열한시였다. 주방 앞 테이블에 상이 차려져 있었다.

"가서, 밥 떠와. 그것도 막내 일이다."

이른 점심을 먹고 치우자마자 손님들이 들어섰다. 눈코 뜰 사이 없이 바쁜 건 아니었다. 하지만 처음인 나는 모든 것이 설었다. 모두 새로 배워야 하는 규칙들이었다. 그러니 몸놀림이 어색하고 힘겨웠다. 연말이어서 예약 단체 손님들이 많았다. 송년회 시즌이었다. 혼자만 동동거리며 뛰어다녔다. 나는 반찬을 나르고, 화장지를 채워주고, 쓰레기통을 비우고, 커피 심부름을 했다. 중년의 커플들도 꾸준히 별채를 찾았다. 본채는 본채대로, 별채는 별채대로 손님이 이어졌다. 제일 힘든 건 사기그릇의 무게였다. 빈 접시 몇 개만 들어도 어깨가 빠질 것처럼 무거웠다. 아침 아홉시에 집을 나와 저녁 아홉시까지 일을 했다. 열두 시간, 두 끼를 해결했고, 아이는 어떤지 세 번 정도 전화를 넣었다. 그때마다 남편은 아무 걱정 하지 말라고 했다.

퇴근하겠다고 인사를 하고 왕 사장의 승합차에 올랐을 때, 의자에 앉자마자 나도 모르게 끙, 하는 신음을 뱉었다.

"왜? 힘들어?"

왕 사장이 거칠게 출발했다. 언니는 일직이어서 남았다. 왕 사장은 아침에 태웠던 사거리에 내려놓을 것이었다. 어두워서 그런지 그 길이 아침보다 더 험한 산길처럼 여겨졌다. 눈 쌓인 나무들이 휘청거렸다. 차가 덜컹거릴 때마다 몸에 밴 닭 국물 냄새가 맡아졌다. 기름이 둥둥 뜬 국물만 떠올려도 메스꺼운 것 같았다. 멀미를 하는 모양이었다. 왕 사장이 담배를 피워 물며 한마디 했다.

"내일은 속옷 좀 똑바로 챙겨 입어."

나는 얼굴이 뜨거워졌다. 귀도 빨개지는 것 같았다. 낮의 일이었다. 언니가 옆구리를 꾹 찌르며 지나갔다. 언니의 시선이 내 가슴 쪽을 향해 있었다. 내려다보니 젖이 새 가슴께가 흥건히 젖어 있었다. 그릇을 내려놓던 나는 내 앞의 남자 손님을 쳐다봤다. 내 가슴을 보던 남자가 서둘러 시선을 피했다. 무슨 이야기 끝에 좌석에서는 와하하 웃음이 터졌고, 남자도 따라 웃었다. 나는 몸을 웅크려 쪽방으로 들어갔다. 언니가 던져놓은 새 유니폼으로 다시 갈아입어야 했다.

히터를 틀지 않은 승합차의 실내는 바깥 공기와 다를 바

없었다. 어깨가 시렸다. 덜덜, 턱이 떨렸다. 그래도 왕 사장에게 춥다는 말을 못 했다. 나는 최대한 몸을 웅크렸다. 옆구리에 찬 기운이 스며들었다. 하루가 너무 길었다. 아이의 살냄새가 그리웠다. 남편의 따스한 발에 내 찬 발을 비비며 잠들고 싶었다. 하지만 옥탑방에 들어가자마자 나는 그냥 널브러지고 말았다. 남편이 누운 내 옆으로 아이를 데려다 퉁퉁 불은 젖을 물렸다. 제가 삼킬 수 있는 양보다 많이 나오는 젖 때문에 아이는 자꾸 사레가 들렸다.

*

아침 출근길의 물가는 물안개로 장관을 이뤘다. 물은 느리게 흘렀다. 물에 비친 나무와 산, 떴다 가라앉는 물새들이 물가의 주인이었다. 물은 물가의 사람들에 대해서는 전혀 모른다는 듯이 고즈넉했다. 그러나 밤이 되면 물비린내가 심해졌다. 뿐만 아니라, 잠깐만 서 있어도 습기가 올라와 옷이 다 젖을 지경이었다. 아침과 밤이 다른 곳이었다.

힘들다, 예전 같지 않다 해도 물가는 밤이 되면 북적였다. 건물마다 외관에 꼬마전구를 켜 물가가 하나의 거대한 크리스마스 장식 같았다. 왕백숙집도 다르지 않았다. 다만 다른 식당들에 비해 저녁 장사보다 점심 장사가 더 잘되었다. 송년회 시즌이 끝나고 해가 바뀌어 신년회 모임이 시작되었다. 그런 모임들이 시들해져도, 점심 장사가 잘되는 건 별채 때문이었다. 홀은 사모님들의 계모임이 주를 이뤘고, 별채는 화투를 치는 패거리들과 중년 커플들이 이용했다. 대낮에 남녀가 백숙집의 별채에 들어가는 건 다른 이유도 있다는 뜻이었다. 정상적인 부부라면 평일 대낮에, 이런 곳에서 방문을 걸어 잠그고 백숙을 뜯지는 않을 것이다.

비싼 음식은 남아 있기 일쑤였다. 뼈다귀에 묻은 립스틱, 그릇 속에 떠 있는 터럭, 여기저기 뭉쳐 있는 휴지들, 젖은 콘돔, 벽에 튄 닭기름 같은 정액을 닦다 보면, 세상은 참 마땅하지 않다는 생각이 들었다. 백숙집 별채에는 구수한 백숙 냄새 대신 치정이 만든 요사스러운 비린내가 고여 있었다.

몰랐던 것은 또 있었다. 남자 혼자나, 두엇이 조용히 별채에 자리를 잡는 경우가 있었다. 그러면 언니가 슬그머니 별채로 들어갔다 나오곤 했다. 오랫동안 왕백숙집을 들락거려 서로의 사정을 아는 이들이었다. 혹은 소개를 받았다며 왕 사장의 명함을 내미는 남자들이었다. 방에서 나온 언니는 곧바로 양치질을 했다. 화장을 고치며 나에게 물었다.

"이런 곳인지 몰랐어?"

언니는 내가 더 놀랍다는 얼굴이었다.

"순진한 거야, 눈치가 없는 거야?"

내가 놀란 건 평일 낮에도 몰려드는 사람들이 많다는 것이었다. 요상하게 생긴 사람들이 아니었다. 그들은 지극히 평범해 보였다. 동네에서 흔히 마주칠 것 같은 얼굴이었다. 나와 다른 거라곤 입성이 좋다는 것인데, 사실 그것만큼 나와 다른 부류라는 확연한 표식도 없을 터였다.

가끔 초로의 사내들이 끼고 들어오는 젊은 여자들을 볼 때마다, 나는 가슴이 덜컥 내려앉곤 했다. 민영이 떠올랐기 때문이었다. 여자들을 너무 빤히 쳐다봐서 언니에게 자주 잔소리를 들었다. 나는 민영의 또래나 비슷한 체형의 여자들을 무심히 볼 수 없었다. 내 돈을 떼먹었어도 동생이었다. 그 돈 때문에 잔금을 치르지 못해 가게를 날려먹고 고시원 생활을 전전하게 됐다. 민영이 종적을 감춘 지도 오 년이 되었다. 민영이 먼저 연락을 하기 전에 우리가 재회할 가능성은 희박했다. 가끔 민영을 찾는 남자들에게 전화가 오곤 했다. 그들은 다짜고짜 욕을 해댔고, 지금 당장 있는 곳을 대라고 했다. 여보세요, 저도 뜯긴 돈이 있거든요. 저도 걔를 찾고 싶어요. 연락이 되면 제게 다시 연락 좀 하시죠? 남자들은 한 번 더 욕을 하고서야 전화를 끊었다. 그들의 마음을 모르지 않았다. 나 역시 그들처럼 민영을 찾아 먹살이라도 잡고 힘껏 갈기고 싶었다. 돈을 받은 다음에야 언니, 동생이라 하고 싶었다. 그러나 그 전에 일단 민영의 안위가 궁금했다. 어쩔 수 없는 피붙이였다. 잊을 만하면 민영을 찾는 전화가 걸려왔고, 그래서 살아 있는 줄은 알았다.

종종 왕 사장의 육촌이라는 관할 경찰이 들르곤 했다. 그런 날은 왕 사장이 직접 음식을 나르고 언니가 옆에 바짝 붙어 앉아 시중을 들었다. 그런 왕래를 몇 차례 본 뒤였다. 잘 먹고 가요. 홀에 들러 인사를 던지던 경찰이, 나를 힐끔 쳐다봤다.

"처음 보는 얼굴이네?"

왕 사장이 인사하라고 했다. 나는 허리를 굽혔다.

"왜 이제야 인사를 시켜요? 훨씬 낫구만."

"그래? 조만간 한 번 더 들러."

"형님이 들르라면 또 와야죠, 제가."

툭, 이쑤시개를 바닥에 던진 경찰이 나에게 눈을 찡긋거리고서 경찰차에 올랐다.

"개새끼!"

왕 사장이 나를 보더니, 숨을 크게 내쉬었다. 언니가 뒤편에서 쿡쿡 웃는 소리가 들렸다.

하루에 열두 시간을 왕백숙집에서 일했다. 일당 사만 원이 채 못 되었다. 그런데 처음 석 달은 이십만 원을 떼고 준다는 것이었다. 일 년 이상 일하고 그만둬야 받을 수 있는 퇴직금이라고 했다. 하지만! 왕 사장이 헛기침을 하고 말을 이었다. 선심을 쓰듯이, 부족분 육십만 원은 일을 그만둘 때 준다고 했다. 자기는 나쁜 사장이 아니라고 강조했다. 당연히 줘야 할 돈인데 왜 제가 생색을 내는 것인지 모를 일이었다. 하지만 가타부타 토를 달 수 없었다.

왕백숙집에 오기 전, 나는 여러 곳에서 거절당했다. 아이를 낳기 전까지 다니던 공장은 그사이 공원을 줄인 상태였다. 빈자리가 없었다. 아는 얼굴도 하나 없었다. 서른셋이라는 나이, 애 딸린 아줌마, 기술도 없는 내가 할 수 있는 일은 좀처럼 없었다. 시간을 지체할 수 없었다. 식당 일을 알아봤다. 그러나 주방 보조도 경력이 없다는 이유로 거절당하기 일쑤였다. 경험이 없는데도 일하게 해줘서 고맙다고 왕 사장에게 몇 번이나 고개를 숙였다. 왕 사장은 열심히만 하면 돈은 더 벌 수 있다고 했다. 어쩐지 그 말이 참 믿음직스러웠다.

왕백숙집의 메뉴 중에 가장 싼 건 백숙정식이었다. 백숙과 누룽지탕, 세 가지 김치와 네 가지 반찬이 한 상이었다. 내 하루 품삯으로도 먹을 수 없는 음식이었다. 사람들은 돈이 참

많았다. 먹는 음식에, 몇 시간 뒹굴기 위해 거침없이 돈을 썼다. 그런 사람들이 신기했다. 우리 식구가 먹고도 남을 만큼 남긴 음식을 보면서 상상하곤 했다. 나에게도 이런 돈이 있어, 차곡차곡 모을 수만 있다면. 그 돈이 목돈이 되면 제일 먼저…… 옥탑방을 떠나야지.

살고 있는 옥탑방은 외풍이 너무 심해 아이를 키우기 힘들었다. 여름에는 난로처럼 금방 데워졌다. 옥상을 마당처럼 쓸 수 있을 것 같지만, 걷고 뛸 아이에게는 위험한 공간이었다. 남편이 공부할 수 있도록 방 하나 따로 내줄 수 있는, 방 두 개짜리면 충분하다. 아이 방까지 하나 더 있으면 좋겠지만 그건 급하지 않다. 나는 허황된 꿈을 꾸지 않았다. 일확천금을 바라지도 않는다. 내 집이면 더할 나위 없겠지만 지금으로선 월세를 벗어나는 것이 최우선이었다. 버는 대로 꼬박꼬박 바쳐야 하는 월세는 사람을 맥 빠지게 했다. 아끼고 아껴 목돈을 마련해야 한다. 못할 것도 없었다.

집을 처분한 돈을 민영에게 보낸 후, 엄마와 나는 고시원으로 들어갔다. 최소의 세간들과 일거리 상자만으로도 엄마와 둘이 눕기도 힘들었다. 그래도 엄마가 오래 해오던 두꺼비집의 퓨즈 조립 덕분에 고시원에서라도 지낼 수 있었다. 밤잠을 못 이루던 나날이었다. 빚까지 내서 마련한 토스트 가게를 결국 열어보지도 못하고 남의 손에 넘겨야 했다. 며칠만 쓰겠다고 돈을 가지고 간 민영이 종적을 감춘 것이었다. 두 눈 멀쩡히 뜨고 집까지 날리게 했는데도 또 돈을 건넨 내 잘못이었다. 화를 못 참아 문득문득 온몸이 부들부들 떨렸다. 언제까지 이럴래, 응? 엄마가 내 등을 후려쳐야 정신을 차렸다. 엄마 말이 맞았다. 다시 일자리를 구해야 했다.

SMT 라인에서 불량 선별을 하다 보면 눈알이 빠질 것 같았다. 환기가 잘되지 않아 콧속이 늘 따끔거렸다. 단순노동은 머릿속을 간단하게 정리해줬다. 빚이야 벌어 갚으면 된다. 많이 벌면 빨리 갚을 테니 일을 더 하면 되었다. 퇴근 후에는 기사 식당이 밀집한 거리에서 호객 아르바이트를 했다. 그래도 허덕였다. 엄마는 결국 찜질방 일자리를 찾아 떠났다. 잠자리가 제공된다면 힘들 일이 뭐 있겠냐 했다. 나는 엄마를 말리지 못했다.

남편을 만난 건 고시원이었다. 저녁 한 끼 해결하던 고시원 주방에서 곧잘 마주치던 남자였다. 조심스럽게 비켜서다가, 목례를 하게 되고, 김치를 나눠 먹고, 계란 프라이를 두 개씩 하게 되었다. 고개를 맞대고 한 냄비에 라면을 끓여 먹고, 그 국물에 찬밥도 같이 말아 먹었다. 냄비 속에 두 개의 숟가락이 들락거리는 것이 아무렇지도 않게 되었을 때, 우리는 방을 합치기로 했다. 엄마에게는 연락을 하지 못했다. 이미 배가 불룩했다.

　두 다리를 펴기도 힘든 고시원 방에 살던 남편과 나는 옥탑방이 아주 마음에 들었다. 수중에 가진 돈으로 간신히 맞췄는데 고시원보다 서너 배 넓은 방에 부엌, 화장실까지 붙어 있었다. 가파른 계단 따위는, 덥고 추운 것 따위는 중요하지 않았다. 당장 고시원 짐을 빼 이사를 했다. 그게 지난여름이었다.

　가을에 아이를 낳고 살림살이가 불었다. 겨우 고개를 가누는 아이인데도 그 아이 때문에 새로 생긴 살림이 한두 가지가 아니었다. 그렇게 커 보이던 옥탑방은 그저 좁은 방이 돼버렸다. 우리만 쓰는 화장실이어서 좋다고 생각했던 건 기억나지도 않았다. 아이 하나를 씻기지도 못하는 좁은 화장실이었던 것이다. 아이를 씻기고 온 방에 튄 물을 닦을 때마다, 조금만 더 컸으면 좋겠다고 생각했다. 많이는 아니고, 조금만. 그건 욕심이 아니라 희망이라고 생각했다. 그 희망이 이뤄지려면 남편이 시험에 붙어야 했다. 시험에 붙을 때까지는 공부를 해야 했고, 공부를 하는 동안은 내가 돈을 벌어야 했다. 일이라면 이골이 난 몸이었다. 무슨 일이라도 할 수 있었다. 나는 남편이 허드렛일을 하는 게 아니라 그래도 상 앞에 앉아 책을 펼쳐 드는 사람이어서 좋았다. 우리에게도 희망이 있다. 희망이 있다는 사실이 희망이었다.

*

왕백숙집은 부근에서 유명했다. 여자를 낀 장사여서 사시사철 손님이 끊이지 않았다. 단속을 피할 수 있는 건 관할 경찰서의 육촌 덕분이었다. 왕 사장은 분기별로 육촌의 동료들 회식 자리를 마련한다고 했다.

"근데, 무엇보다도 서로 조심하는 거지. 누구라도 찌르면 우수수 다 끌려가는 세상이잖아. 한 놈이나, 한 년이나. 그걸 하게 둔 왕 사장까지도 끌려가게 되니까."

언니는 극비를 알려주는 사람처럼 내 귀에 대고 속삭였다. 단골이든 경찰이든, 어떻게든 친분이 있어야 한다고 했다. 나름대로의 선별 기준이라는 것도 있고. 언니의 입에서 김치 냄새가 났다.

"이모, 오늘 겉절이 좀 짜네."

"물 마셔."

겉절이는 매일 새로 담갔다. 짜다 하면서도 언니가 자꾸 집어 먹었다.

"짜니까 조금씩만 내고, 남겨서 좀 챙겨놔요."

왕 사장은 남은 음식도 못 먹게 했다. 손님이 남긴 반찬도 마찬가지였다. 그러거나 말거나 이모님은 왕 사장이 보이지 않을 때마다 입에 넣어주고, 비닐봉지에 담아 가방에 넣어놓곤 했다.

"애가 몇 개월? 먹을 수 있으면 닭 국물 좀 싸줘?"

"사장님이……."

"소문낼 일 있어? 몰래 싸가."

"나 다 들었네."

언니가 얄밉게 끼어들었다.

"잘됐네, 그럼 네가 사장한테 가서 물어보고 와라. 매일 서방 먹일 고기 싸가는 거 보고도 모른 척하니, 갓난쟁이 먹일 닭 국물 한 종지는 어떻겠느냐고 물어봐라. 제발 좀 물어봐라."

언니가 쌜쭉댔다.

"그런 이모님은 허락받으셨나? 누군 아들 먹인다며?"

"저 주둥이!"

단체 손님을 이끌고 왕 사장이 홀에 들어섰다. 언니와 나는 기계적으로 움직이기 시작했다. 단정한 표정을 짓고 고개를 깊이 숙여 인사를 한다. 언니는 방석을 꺼내 자리를 안내

하고, 나는 사람 수에 따라 컵과 물병, 물수건을 챙겼다. 묵은지와 깍두기, 겉절이가 접시에 세 벌씩 담겼다. 열댓 명쯤 되는 남자들은 모두 점잖아 보였다. 학교 선생님들이라고 했다. 그 뒤로 중년의 남녀가 들어왔다. 어서 오세요. 나는 두 벌의 기본 상차림을 들고 다가갔다. 음식이 나오기 시작했다. 다른 손님들도 들어서고, 인사를 하고, 음식을 나르고, 치우고, 인사하고, 나르고, 치우고. 그 와중에 별채 손님들의 시중까지 들기 위해 동동거리다 보면 하루가 훌쩍 지나버렸다.

일은 금세 익숙해졌다. 보름쯤 지나자 하루의 흐름이라든지, 손님들의 흐름이 잡히기 시작했다. 그 보름여간은 온몸이 아파 아침에 눈이 떠지질 않았다. 다리와 발목이 부어 시큰거리는 것도 매일이었다. 목과 어깨, 손목도 늘 불편했다. 언니의 말에 의하면, 그건 한 달이 지나고, 일 년이 지나도 나아지지 않는다고 했다.

"이모님은 십수 년째라던데? 난 팔 년째고. 일하는 동안은 내내 아프지, 뭐."

나는 알겠다는 듯이 고개를 끄덕였다.

왕 사장은 눈만 마주치면 잔소리를 했다. 최근에는 이모님에게 나물 무친 일회용 비닐장갑을 왜 재활용하지 않느냐고 몇 번이고 잔소리를 했다. 나물마다 다른 비닐을 꺼내 쓰면 그걸 다 어떻게 당해내냐는 것이었다.

"그럼, 그냥 맨손으로 무칠렵니다."

"그것도 괜찮네."

이모님이 눈을 흘겼지만, 왕 사장은 이모님을 쳐다보지도 않았다. 트집 잡을 게 없으면 만들어서 극성을 떠는 인간이라고 이모님이 구시렁댔다. 언니한테는 눈만 마주치면 그 살 좀 빼라고 닦달했다. 별채에 넣기가 민망하다고 대놓고 뭐라 했다. 나에게도 예외는 아니어서, 엉덩이 붙일 생각만 하지 말고 빨리 움직이라고 했다. 손님이 없어도, 바쁘지 않아도, 빨리빨리 하라는 것이었다. 그럴 때면 나는 얼른 주방으로 들어가거나 괜히 테이블을 행주질하는 것으로 시선을 피했다.

닭을 삶는 솥은 부엌 뒤편에 따로 있었다. 김치와 묵은지를 보관하는 창고 옆이었다. 닭은 왕 사장이 직접 고았다. 물가의 식당이어서 손님들이 끊이지 않기도 했지만, 미식가들 사이에서도 왕백숙집은 유명하다고 했다. 누룽지백숙탕과 해물백숙탕이 제일 인기가 많았다. 한번도 먹어보지 못한 음식들이었다. 여기! 선생님들 자리에서의 호출이었다. 소주 하나! 몇몇의 얼굴이 붉게 달아올라 있었다. 그중 하나가 내 손을 잡았다.

"아주머니가 참하게 생기셨네."

그러더니 만 원짜리를 앞주머니에 찔러주는 것이었다. 이러지 마세요. 나는 놀라 돈을 꺼내 테이블 위에 올려놨다. 그러자 옆의 사내가 껄껄 웃었다.

"순진한 척인가? 아, 작다고 그러시는 건가?"

나는 언니 쪽으로 고개를 돌렸다. 받아, 받아. 언니는 소리 내지 않고 입으로 말했다.

"거봐, 저 아주머니는 잘 아시네, 받으라잖아."

그러더니 내 손을 잡아 돈을 쥐여줬다. 얼결에 고개를 숙였다. 고맙……습니다. 일어서려니, 그 사내가 내 치마를 잡았다.

"용돈 받으셨으니, 기분 좀 내고 가시지. 술 한잔 받아보자."

손도 잡게 해주면 더 좋고. 입도 맞춰주고, 배도 맞춰주면 금상첨화지. 그러고 보니 예쁘게 생기셨네! 사내들의 농이 이어졌다. 다시 한 번 언니 쪽으로 고개를 돌렸다. 아 뭐 해, 따라야지. 나는 무릎을 꿇고 앉아 술을 따랐다. 옆의 사내가 재미있다는 표정을 지었다. 지갑을 꺼내 만 원을 내 주머니에 직접 넣었다. 주머니에 들어온 사내의 손이, 빠르게 내 허벅지를 쓰다듬었다.

"자식새끼도 안 듣는 내 말을 아줌씨는 잘 들어주니, 고마워서 눈물이 다 나네."

그러더니 잔을 내밀었다. 자식만 말을 안 듣냐, 마누라가 더한다, 그러니 애인을 만들어라, 요즘 같은 세상에 애인이 없으면 육급 장애라더라, 아줌씨가 애인 해주면 좋겠다. 껄껄 거리며 서로가 서로의 말에 추임새를 해댔다. 사내가 잔을 내밀었다. 주머니에 구겨진 만 원짜리 두 장이 들어 있다. 술 따르는 일이 뭐 대단한 일인가. 나는 계속 술을 따랐다. 소주 한 병이 금세 비었다. 소주 한 병을 더 따르고서야 그 자리에서 일어날 수 있었다. 어느새 왕 사장이 카운터에서 나를 지켜보고 있었다.

*

왕백숙집에 나간 지 한 달이 다 돼가는데도, 남편은 아침마다 애틋하게 나를 바라봤다. 자기 때문에 나만 고생한다는 말을 입에 달고 살았다.

"알았으니까, 당신은 다른 생각 말고 공부만 해요. 그럼 되잖아."

뒤집기를 시작한 아이가 팔다리를 버둥거렸다. 가슴이 찌르르했다. 남자 손님들은 내 가슴에서 시선을 떼지 못할 때가 많았다. 간신히 반년 먹이고 젖을 끊은 참이었다. 젖몸살은 겨우 가셨는데 가끔 젖이 돌았다. 어떻게 젖을 안 끊고 일할 생각을 했을까? 언니는 딴딴하게 불은 가슴을 쿡 찔러보더니, 참 피곤하게 산다고 혀를 찼다.

남편이 능숙하게 아이를 안아 다독이자, 다시 눈을 감았다. 하루 종일 접시를 나르고 청소를 하느라 온몸이 부서질 것 같아도, 아이를 보면 잊을 수 있었다. 내가 벌어야 기저귀도 사고, 내복도 산다. 신발도 사고, 딸랑이도 산다. 아이는 열무처럼 자라날 것이고, 그때마다 필요한 것들이 늘어날 것이다. 곧 이유식도 시작해야 하는데……. 그러면 소고기를 매일 한 주먹씩은 먹여야 한다고 했다. 반 근에 만 원이 넘는 고기값을 대려면 더 아껴야 한다. 젖도 뗐으니 고정적으로 매달 들어가는 분유값에 기저귀값까지, 아이에게 매달 근 이십만 원이 넘게 들어가야 했다. 세상에 비싸지 않은 것이 없었다. 푸성귀만 먹어도 먹는 것에 들어가는 돈이 벌이의 반을 넘었다. 벌기도 힘들지만 모으기는 더 힘들었다.

석 달은 근 백만 원 돈을 받았다. 벌이가 없을 때를 생각하면 꿈같은 금액이었다. 분명히 적은 돈은 아니었다. 그러나 남편이 공부에 전념할 수가 없었다. 생활은 가능하지만 꿈을 이루기는 힘들었다. 배는 부르지만 희망에 가까이 가지 못한다는 뜻이었다. 아이 옆에서 공부를 하겠다고 말은 했지만 아침에 펼쳐진 책이 내가 돌아올 때까지 한 장도 넘어가지 않은 나날이 계속되었다. 봄에 있던 시험에 떨어지고, 여름에도 낙방을 했다. 어떻게든 남편이 시험에 붙는 것이 살길이라는 생각이 옳은 것인지, 문득문득 헷갈리기 시작했다.

고시원에서 만났을 때도 남편은 수험생이었다. 시골 노모가 보내주는 돈으로 공부를 한다고 했다. 누구나 그렇겠지만 자기만큼 시험에 절실한 사람은 없을 거라고 했다. 절실한 만큼 좋은 결과가 있을 거라고 북돋웠다. 노모가 대는 돈은 이제 아내가 버는 돈으로 바뀌었다. 아이까지 생겼으니 절실함은 더 간절해졌을 것이다. 남편의 앉은뱅이책상 옆으로 두툼한 수험서들이 세워져 있었다. 국어, 영어, 국사, 행정법, 행정학……. 보기만 해도 머리가 어지러웠다.

나는 원체 공부와 먼 아이였다. 중학교 삼학년 담임은 공부를 잘해야 시집도 잘 간다고 했다. 사정이나 형편이 안 되는 아이들도 있었다. 나처럼 공부를 못해 진학을 못 하는 경우도 있었다. 그런데도 담임은 많은 아이들을 인문계로 보내려고 아등바등했다. 남편을 잘 만나기 위해서라는 이유가 열여섯 살 아이들에게는 와 닿지 못하는 명분이었지만, 그 말만큼은 머릿속에 박혔다.

"뭘 믿고 이렇게 공부를 안 했대? 네 집엔 거울도 없냐?"

성적표와 진학 상담서를 앞에 둔 담임의 첫마디였다. 담임은 타고난 얼굴이야 어쩌지 못해도 성적은 올릴 수 있다고 잔소리를 퍼부었다. 훈계는 결국 민영의 얘기로 옮겨갔다.

"넌 네 동생 보면서 뭐 느끼는 거 없니?"

두 살 아래의 민영은 예쁘장한 데다가, 학년장이어서 학교에서 유명한 아이였다. 못사는 집 애여서 더 유명했다. 산동네에서도 민영을 모르는 사람이 없었다. 내가 지나가기만 해도 민영의 언니라며 골목의 할머니들이 반가워했다. 동네 어른들은 민영처럼 되라고 자기 아이들 이름을 민영으로 바꿔 부르기도 했다. 민영은 동네를 걸을 때면 새침하게 눈을 깔았다. 꼭 다문 입술은 앙칼져 보였다. 개천에서 용 났다고들 했다. 나는 그 아이가 우리 집을, 우리 동네를 바꿔줄 것이라고 믿었다.

민영은 사람들의 기대처럼 잘 자랐다. 중학교, 고등학교 모두 좋은 성적으로 졸업했고, 도시의 큰 대학에도 쉽게 붙었다. 민영의 고등학교 교문에 커다란 현수막이 붙었다. 유명 대학교에 붙은 아이들의 이름이 죽 적혀 있었다. 내 눈에는 민영의 이름만 보였다. 자랑스러웠다. 내 어깨에 힘이 들어갔다. 지나가는 사람들을 붙잡아 저 이름 보이느냐고, 서민영이 내 동생이라고 마구 자랑하고 싶었다. 그러나 그때뿐이었다.

대학에 다니기 위해서는 돈이 필요했다. 없는 집에 그런 돈이 있을 턱이 없었다. 고등학생인 준영과 대학생 민영의 앞날이 창창했지만, 세 아이를 키우느라 야금야금 늘어난 빚이 제법 많았다. 아버지, 엄마, 나까지, 어른 셋이 벌어도 학비는 커녕 먹고사는 일도 팍팍했다. 그 와중에 아버지가 앓아누웠다. 겹경사 줄초상이라고 했다. 항암 치료 같은 건 엄두도 못 냈다. 아버지는 스스로 이불을 깔고 자리에 누웠다. 없는 집은 하루하루가 늘 진창이었다.

민영은 대출과 휴학을 번갈아 했다. 늘 아르바이트를 했고, 늘 잠이 부족해 눈 밑이 시커멨다. 잠이 부족한 건 모든 식구들이 똑같았다. 기사 식당 주방 일을 하던 엄마나, 두서너 개의 아르바이트를 하느라 학교를 다니지 못할 지경이었던 민영, 삼교대로 부품 조립을 했던 나, 심지어 게임에 빠져 있던 준영도 마찬가지였다. 집에서 하는 일이란 아버지가 죽은 건 아닌지 들여다본 뒤에, 밥통의 밥을 알아서 퍼 먹고 자는 일뿐이었다. 그래도 마지막에 남은 밥을 먹는 사람이 다시 밥을 해놓았다. 그것이 다른 식구를 위하는 유일한 일이었다.

그런 집구석에서도 민영은 책을 놓지 않았다. 식구들이 나가야 할 시간에 맞춰 깨우는 사람도 언제나 민영이었다. 천장이 낮은 집은 방이 두 개였고, 그중 여자들 방에는 민영의 책이 쪼르륵 바닥에 세워져 있었다. 제대로 이불을 펴고 자는 적이 없던 민영은 어두운 스탠드 불빛 아래서 정신을 차리려고 제 뺨을 때리거나, 머리카락을 뽑아댔다. 그런 민영은 측은하면서도 든든한 버팀목처럼 견고해 보였다. 민영만 성공하면, 어두운 집도, 높은 동네도, 삼교대도, 빚도 다 끝날 것 같았다.

줄 서 있는 남편의 책을 볼 때마다 나는 숨구멍이 막히는 것 같았다. 홀몸으로 공부해도 시험에서 떨어졌던 사람이었다. 아내와 아이와 부대끼면서 공부에 전념하는 일이 불가능한 건 아닌지 걱정이었다. 반복된 낙방은 습관이 될 것이 뻔했다. 고시에 중독된 사람들이 있다는 걸 안다. 시험에 번번이 떨어져도 반성이나 좌절도 하지 않는 남편을 보면서, 공무원이 될 마음이 있기는 한 것인지 의심이 되었다. 불길했다.

그때마다 민영 생각이 났다. 누구보다도 총명하던 민영의 처참한 현실에 진저리 쳐졌다. 가족을 뿔뿔이 흩어지게 만들고, 스스로는 나락에 빠져, 이제는 종적을 감추었다. 많이 배운 민영도 그러한데, 멀쩡한 것도 허술하게 끝장나버리는 세상인데, 남편처럼 가진 것 없고, 배운 것 없는 사람은 오죽할까. 아차, 하는 순간 모든 것이 무너질 게 뻔했다. 남편만은 제발 그러지 않기를 바랐다. 남편과 나의 운명이 아니라, 아이의 미래가 달린 일이었다. 굳이 공무원이 아니어도 좋았다. 내가 바라는 건 신분 상승이 아니라, 꼬박꼬박 받아오는 월급, 생활비를 주는 남편이었다. 번듯한 벌이가 있는 가장이 필요했다.

그런 남편이 상을 차려놓으면 속이 뒤집어질 것 같았다. 내가 언제 밥해놓으라고 했나. 식당 일 하는데 굶고 올까 봐! 라고 소리치고 싶었지만 입술을 깨물었다. 차려놓은 정성 때문에 숟가락을 들면, 그제야 남편도 숟가락을 들었다. 자정이 다 되어가는 시간의 저녁밥상이었다.

"지금까지 굶은 거예요?"

"당신 혼자 밥 먹이는 게 싫어서."

허기졌던 남편은 양 볼이 미어터지게 밥을 집어넣었다. 상 위에는 김치찌개와 계란 프라이, 내가 가져온 시금치나물이 있었다.

백숙집의 기본 반찬 중에서 남은 걸 이모님이 몰래 싸주곤 했다. 왕 사장이 알면 반나절은 잔소리를 들을 판이었지만 이모님은 아랑곳하지 않았다. 그래 봤자 이모님과 언니 다음 차례로 가지고 갈 수 있는 반찬이어서 가짓수나 양이 많지도 않았다. 상 위에 올렸던 시금치나물은 상한 것 같다며 아무도 챙기지 않았다. 내가 주춤거리며 비닐에 담자, 이모님이 멀뚱하게 쳐다봤다.

"애 아빠가 뭐 한다고 했지?"

"공부하고 있어요."

"법관 되려고?"

언니가 불쑥 끼어들었다. 내가 챙기는 반찬을 힐끔거리더니, 못 먹을 걸 왜 가져가느냐고 무안을 줬다. 그러더니 곧 말투를 바꿨다.

"변호사도 좋지. 잘 보여야겠다, 나중에 사모님 되시는 거 아냐."

"그런 거 아니고, 그냥 공무원 시험요."

"공무원도 아무나 되는 건 아니지."

이모님이 힐끔 나를 쳐다봤다.

"그래도 희망이 있으니 고생도 할 만하겠다. 우린 뭐냐."

이모님이 앞치마를 풀어 옷을 탁탁 털며 한숨을 쉬었다. 내가 뭘 잘못한 것 같은 기분이 들었다.

"이모님은 무슨 말을. 쟤가 나보다 나을 게 뭐야?"

대꾸도 하지 않고 이모님이 주방을 나섰다. 집에 들렀다 식구들 저녁 챙기고, 다시 이십사 시간 해장국집으로 출근할 것이었다.

"괜히 고까워서 저래. 자기가 한때는 사모님이었다는 거지. 아이엠에프 때 망한 사람이 저 혼잔가. 지금은 실업자 남편 모시고 사느라 삭신이 다 쑤시겠지만 어쩌겠어."

소파 공장 사장이었던 남편은 하루 품을 파는 노무자가 되었다. 그마저도 일이 있는 날은 일 년의 반도 안 되었다. 지방대에 다니는 두 아이들도 아르바이트를 했지만 저희들 용돈벌이에 불과했다. 이모님은 쉴 수가 없었다. 네 식구의 입이 모두 이모님의 턱도 없는 벌이에 달려 있었다.

"불쌍하긴 하지. 안 아픈 데가 없는 사람인데, 저렇게 밤낮으로 일을 한다. 하긴, 식당 일 하는 여자들치고 안 아픈 여자 없지. 나도 겨우 사십대 초반인데 죽겠어, 아주. 너도 조심해. 젊을 때 아껴야지. 하긴, 우리 주제에 아끼긴 뭘 아껴. 몸뚱이라도 있으니 벌어먹고 살지."

언니는 혼자 구시렁거리면서 반찬을 담았다. 아예 반찬을 담아갈 요량으로 준비한 빈 반찬통이었다. 내 시선을 의식했는지, 냉큼 말을 이었다.

"난 왕 사장에게 허락받은 거야. 그런 눈으로 보지 마!"

입술을 뾰족하게 내밀며 눈을 흘겼다. 몸은 볼품없이 울퉁불퉁했지만 저런 표정은 천생 여자처럼 보였다. 코맹맹이 소리 섞인 애교를 부리면 낯간지러워 차마 쳐다볼 수가 없었지만 남자 손님들은 싫어하지 않았다. 무엇보다도 나이에 맞지 않게 탄탄한 엉덩이가 언니의 자랑이기도 했다.

"어떻게 허락받으셨어요? 나도 좀……."

"내가, 말해볼까?"

"그래 주실래요? 집에 가면, 쓰러져 자기도 바빠서……."

아침 아홉시에 나와 밤 열두시가 다 돼 집으로 가면, 씻는 일도 귀찮았다. 장을 보고 반찬을 해놓을 엄두를 못 냈다. 상 위에는 내가 가지고 오는 것 외에도 늘 서너 개 이상의 반찬들이 있었다. 남편이 집 앞의 공판장에서 콩나물이나 무, 어묵, 두부 같은 것을 사와 먹을 만한 것들을 만들었다. 가끔은 재래시장에도 다녀오는지, 굽거나 조린 생선을 올리기도 했다.

처음에는 남편이 살뜰하게 느껴졌다. 그러나 시간이 지날수록 반갑지 않았다. 책상 위에 펼쳐진 채 넘어가지 않은 책만 보면 울화가 터졌다. 대체 하루 종일 뭘 하는지, 나는 어깨가 빠지도록 고생을 하는데 저는 하루 종일 아이와 노닥거리고 부엌에서 콩나물 대가리나 따고 있었다는 말인지. 그래도 남편에게 대놓고 뭐라 하지 않았다. 입술을 깨물며 참았다.

별채 정리를 마치고 돌아오니 왕 사장이 주방에 우뚝 서 있었다. 다른 때 같으면 카운터에서 장부 정리를 하거나, 대형 텔레비전의 채널을 바꾸면서 누룽지를 우물거려야 했다. 나는 괜히 긴장해 주뼛거리며 주방으로 들어섰다. 왕 사장이 비닐 뭉치를 내 얼굴에 냅다 집어 던졌다.

"도둑질도 하냐?"

시금치나물이었다.

"생긴 건 멀쩡한 게 말이야!"

"상에 올렸던 거고, 맛이 가려고 해서."

"상하든 말든 네가 뭔 상관이야? 내 돈으로 하는 내 장사야. 내가 다 먹고 죽을라니까 너는 손대지 마. 그렇게 노려보면 뭐? 쩨쩨하게 왜 그러냐고 생각해? 그래, 나 쩨쩨한 놈이다. 그러니까 이만큼 누리고 살지. 거지 같은 여편네, 하여간 없는 것들은 잘해주면 더 기어올라요. 거지 근성은 죽어도 못 버리지!"

분명히 악의를 담은 시비였다. 그래도 얼굴이 화끈거렸다. 대꾸할 여력이 없었다.

"적당히 하세요."

코맹맹이 소리를 하는 언니가 왕 사장 뒤에서 갈 채비를 했다. 보란 듯이 언니의 손에는 아까의 그 반찬통이 들려 있었다. 불 끄고 빨리 나와! 왕 사장이 홀을 나섰다. 언니가 그 옆에 붙었다. 왕 사장이 언니의 엉덩이를 주물렀다. 나는 바닥에 내동댕이쳐진 비닐봉지를 집어 들어 옷 속에 숨겼다. 욕먹었으니 가져가야 했다. 그러지 않으면 더 억울할 것 같았다. 남편이 먹는 시금치가 바로 그것이었다. 나는 숟가락을 내려놓았다.

"왜?"

남편의 얼굴은 부옇게 살이 올라 있었다. 아이는 자고 있다. 책상 위는 아침과 그대로였다. 무슨 수를 써야 한다면 그게 오늘이어야 했다. 나는 냅다 밥상을 뒤집었다. 남편의 벌린 입에서 밥풀이 후둑 떨어졌다.

참을 만큼 참고도 더 참아야 하는 건 가족이었다. 남은 반찬만 갖다 버릴 것이 아니라, 필요 없는 식구도 갖다 버렸으면 싶었다. 앓아누웠던 아버지가 죽기까지 그 생각을 버린 적이 없었다. 걸핏하면 용돈 좀 보내달라는 준영이나 빚 독촉 전화를 대신 받게 하는 민영도 마찬가지였다. 밥만 축내면서 밤이면 취하다시피 잠든 마누라 배 위에 올라타 남자 행세하려는 남편도 꼴 보기 싫었다. 가족이어서 더 그랬다.

화가 치솟으면 나도 모르게 밥상을 뒤엎고, 물건을 던졌다. 한번 상을 엎으니, 다음은 어렵지 않았다. 내 화를 어떻게 다스려야 하는지 알 수가 없었다. 나에게 이런 기질이 있다는 것이 놀라웠다. 그렇게 불같이 화를 내면 남편은 어쩌지 못하고 아이만 끌어안고 오도카니 서 있었다. 먹여 살려야 하는 저 둘 때문에 울고 싶었다.

바닥에 쏟아진 그릇과 반찬을 줍고, 바닥을 훔치면서 나는 매번 처음으로 남편 앞에서 옷을 벗던 밤을 떠올렸다. 그때로 되돌아가 그 밤을 보내지 않았다면, 아이가 생긴 것을 알리지 않고 혼자 없앴다면. 지금과 다른 나로 살고 있을까. 아이를 가졌다는 걸 확인한 날, 나는 남편에게 물었다.

"정말 시험에 붙을 수 있죠?"

"우리가 같이 살 수 있는 길은 그것밖에 없어. 그러니까 꼭 붙을 거야. 걱정 마. 열심히 할게."

허리춤을 감싸던 손이 성큼 옷 속으로 들어와 가슴을 그러잡았다. 고시원 옥상은 아무나 드나들 수 있는 곳이었다. 봄인데도 겨드랑이에 땀이 찼다. 남편의 바지가 불룩했다. 방으로 가요. 한 명이 눕기에도 비좁은 방이었으므로 둘이 뒤엉키기란 쉽지 않았다. 허리가 꺾이고, 고개가 벽에 눌렸다. 그래도 나는 남편과 함께라면 지금보다는 나을 거라고 생각했다. 언제나 현재보다 더 나쁜 경우는 없었다. 남편이 내 입을 틀어막고 사정을 했다.

그따위의
나날들

언니, 전화 좀 받아줘. 민영이었다. 문자를 확인하자마자 전화가 울렸다. 화장실에서 락스를 붓던 중이었다. 왕 사장이 지켜보고 있었지만, 안 받을 수가 없었다. 나도 모르게 내 목소리가 커졌다. 정선에 있다는 것이었다.

— 거기가 뭐?

— 그보다도, 언니 나 돈 좀⋯⋯. 급해.

— 너, 내 번호 어떻게 알았어?

— 준영이.

— 준영이는 지금 어딨는데?

—그거까지는 모르겠고. 언니, 나 급해. 이거 못 막으면 나 팔려가.

아침부터 열기가 대단했다. 날이 더워질수록 왕백숙집이 미어터지도록 바쁘게 돌아갔다. 여름에만 쓰는 사람 둘을 더 두었는데도 마찬가지였다. 하루하루가 중노동이었다. 왕 사장은 두 눈이 벌겋도록 왕백숙집을 휘젓고 다녔다. 한 달에 한 번 쉬는 휴일도 대목인 여름철에는 없었다. 통화하는 잠깐 동안 콧잔등이에 땀이 맺혔다. 락스 때문에 눈도 따가워졌다.

민영과의 마지막 통화가 오 년 전이었다. 그때도 그랬다. 그나마 그때는 산꼭대기에 집이라도 있었다. 민영이기 때문에 남은 가족은 쉽게 동의했다. 우리를 구원해줄 사람은 민영뿐이었으니까. 기꺼이 뿔뿔이 흩어져 고시원으로 들어갈 수 있었다. 곧이어 가족 모두 신용불량자가 되었다. 대체, 어디서, 무얼 하고 사는 건지, 식구들만 몰랐다. 전국의 지역번호로 전화가 걸려와 민영을 찾았다. 전화기 건너편에서는 다단계라든지 꽃뱀이라든지 혼인빙자, 같은 말들이 튀어나왔다. 나쁜 짓을 하고 살기로 했으면 저 혼자 망해야지, 어떻게 식구들을 물고 늘어질 생각을 했을까. 이건 반칙이었다.

대학을 갓 졸업하고 취업 자리를 알아보던 민영이 밥상 앞에서 창업을 하겠다고 선언했다. 누구 하나 대꾸하지 못했다.

"사업! 사업 몰라? 내가 사장이 되는 거 말이야."

그런데 어떤 사업? 명품 사업. 엄마와 내가 멀뚱하게 민영을 바라봤다.

"진짜 명품을 살 수 있는 사람들 말고. 돈은 없고 명품은 갖고 싶은 사람들한테 질 좋은 짝퉁을 파는 거야. 짝퉁도 급수가 있거든."

"그럼 우리도 명품 가방 하나 들 수 있어?"

준영이 헤벌쭉 웃었다.

"질 좋은 짝퉁은 뭐야? 그건 어디서 구하는데? 가게는 어디에 차리고?"

"말해주면, 알아?"

엄마와 나는 그냥 고개만 끄덕였다. 민영은 언제나 옳았다. 그렇지 않다면 이런 환경에서 저렇게 똑똑한 아이가 될 수 없었다. 준영이 하나 더 물었다.

"그런데 그거 불법 아냐? 허가받고 할 수 있는 거야?"

"법대로 해서 돈 벌 수 있는 게 세상에 어디 있니?"

"아!"

엄마가 감탄을 했다. 아, 나도 짧게 신음을 뱉었다. 민영의 눈빛이 번뜩였다. 이제껏 봐오던 민영의 모습과는 많이 달랐다. 근데 그 많은 돈이 어디에 필요한 거야? 정말 돈은 많이 버는 거야? 그런 질문에는 답을 하지 않고, 식구들을 노려봤다.

"지금 나를 못 믿겠다는 거야?"

엄마가 내 옆구리를 쿡 찔렀다. 민영은 이 집의 가장이나 마찬가지였다. 벌이는 내가 제일 나아도 가장 똑똑하고 가방끈이 긴 민영이 이 집을 이끌어갈 것이라고 철석같이 믿었다. 모두가 그랬다. 심지어 민영마저도 그렇게 군림했다.

여하튼 사업이라는 말은 멋있게 들렸다. 우리는 민영을 사장님이라고 불러보기도 했다. 쑥스러우면서도 싫지 않았다. 민영의 말대로 돈을 많이 벌게 되면 우리의 미래는 달라질 것이었다. 조금 낮은 곳으로, 조금 넓은 곳으로, 조금 더 화사하고, 조금 더 허리를 펴고 살 수 있을 거란 기대가 생겼다. 기대가 커질수록 민영의 말투는 위압적으로 바뀌었다. 눈빛도 이상해졌다. 그 기대만큼 민영에게 더욱 충성했다.

―이유 묻지 말고 보내라면 보내.

마지막 전화에서 민영이 한 말이었다. 보내라면 보내. 돈을 보내고 나서 식구들은 길바닥으로 내쫓겼다. 그렇게 식구들을 버려놓고, 오 년 만에 전화를 걸어 설명도 없이 다시 돈을 내놓으라는 것이었다.

―나보고 어쩌라고?

―돈. 돈 말이야, 언니. 돈 좀!

―네가 풍비박산을 낸 집구석은 어떡하고? 너 때문에 빚쟁이한테 시달린 거 생각하면 이가 갈려. 어떻게 사채까지 끌어다 쓸 수가 있어! 그런데 또 돈? 그런 말이 나와? 엄마가 어떻게 지내는지 알기는 알아?

―엄마 걱정되는 언니는 그래서 남자랑 도망쳐? 그래도 엄마는 목욕탕에서 두 다리 뻗고 자잖아. 난 더한 일도 하고 살아!

―누군! 그게 다 누구 때문인데!

―이미 끝장났던 집 아냐? 다 내 탓인 것처럼 그러지 마. 나 아니어도 산산조각 난 집구석이었어, 뭘!

손을 벌리는 것이 오히려 더 큰소리였다. 그렇게 잘났으면 알아서 할 것이지, 왜 나한테 전화를 걸어! 민영의 목소리가 금세 바뀌었다.

―아냐, 언니. 다 내 잘못이야. 내가 정말 잘못했어, 언니. 나 좀 살려줘. 천만 원만. 아니 오백만 원, 아니 아니 백만 원이라도. 있는 돈 좀 다 긁어줘.

민영은 숨이 넘어갈 것 같았다. 오죽했으면 또 나에게 전화를 걸었을까.

—넌 사람도 아니야. 뭐, 또 돈?

더 이상 대꾸할 수가 없어 전화를 끊었다. 가슴속이 뜨거워지더니 온몸에 불이 붙은 것 같았다. 금방이라도 몸 전체가 터질 것 같았다.

왕 사장이 별채 이야기를 꺼낸 건 바로 그날이었다.

"아까 듣다 보니, 돈이 좀 급한 모양인데. 내가 좀 도울까?"

왕 사장의 목소리가 다정해서 더럭 겁이 났다. 주방의 언니와 이모님이 이쪽으로 고개를 내밀었다. 언니가 고개를 끄덕끄덕했다. 형님, 나 왔어요. 바쁘신가? 왕 사장의 육촌 경찰이 홀로 들어섰다. 나를 힐끔 쳐다보더니 괜히 히죽 웃었다.

"요즘 하도 기력이 없어서 보신 좀 하려고. 초복이 낼모레인데 왜 손님이 없어. 새벽 댓바람부터 북적여야지. 그래야 우리 형님 주름살 펴지지. 그죠, 아줌마? 아가씬가?"

"곱지, 우리 아줌마?"

왕 사장이 배시시 웃었다.

"개시도 안 했는데 먹고 가도 되나, 형님?"

"배고프면 먹는 거지. 그런 걸 따져서 뭐하게?"

언니가 물과 컵을 들고 테이블 위에 올려놨다. 경찰이 컵을 툭 밀었다.

"아, 내가 언제 홀에서 먹는 거 봤어?"

왕 사장이 내 등을 밀었다.

"별채에 상 차려드려."

네. 내 목소리가 떨렸다. 경찰의 시선이 계속 나를 따라왔다. 다리에 힘이 풀려 온몸이 덜덜 떨렸다. 왕 사장이 별채로 가는 나를 따라왔다.

"눈 한번 딱 감아. 해보면 별거 아니야. 처녀도 아니잖아? 돈은 내가 오늘이라도 당장 융통해줄 수 있어."

왕 사장이 내 대신 상 위에 물과 수저, 김치와 밑반찬을 내려놓았다.

"언니는 뚱뚱하다고 싫어하는 손님도 많거든. 거긴, 몸도 괜찮고."

왕 사장이 내 가슴부터 아랫도리까지 훑었다. 앞주머니의 전화가 또 울렸다. 민영이었다.

경찰 앞에서 나는 고개를 들 수가 없었다. 경찰은 나를 앉혀두고 혼자 닭고기를 먹었다. 방 안에는 쩝쩝대는 소리만 들렸다.

"처음이라며?"

대답할 엄두가 나지 않았다. 갑자기 아무 소리도 들리지 않았다. 간신히 고개를 드니, 경찰이 코앞에 얼굴을 들이밀었다. 입가가 번들거렸다.

"어디 푹 좀 담가보자."

경찰이 내 허리를 잡아챘다. 나는 심호흡을 크게 하고 눈을 꾹 감았다.

민영에게 이백만 원을 보냈다. 왕 사장이 작은 수첩을 하나 만들어줬다. 1부터 40까지 숫자가 쓰여 있었다. 1 옆에 날짜가 적혀 있고 왕 사장의 사인이 있었다. 서른아홉 번 남았다는 뜻이었다. 그날은 이모님이 닭 한 마리를 싸줬다.

돈 보냈으니까, 받으면 연락 줘. 똑같은 문자를 세 번이나 보냈지만 민영에게선 전화가 없었다. 전화를 걸어도 받지 않았다.

수첩의 첫번째 장을 채우는 건, 생각보다 오래 걸리지 않았다. 41번부터는 내 수입이 되었다. 왕 사장이 남자들에게 얼마씩 받는지 나는 몰랐다. 그저 나는 내 몫만 받을 뿐이었다. 나머지는 왕 사장이 챙겼다.

언제나 처음만 힘들었다. 처음만 견디면 그다음은 참을 만하고, 견딜 만해지다가, 종국에는 아무렇지 않게 되었다. 처음 받은 만 원짜리가, 처음 따른 소주 한 잔이, 그리고 처음 별채에 들어가, 처음 손님 옆에 앉기까지가 힘들 뿐이었다. 따지면 세상의 모든 것이 그랬다. 버티다 보면 버티지 못할 것은 없었다. 그릇을 나르다가 삶은 닭고기의 살을 찢고, 닭고기를 먹여주다가 가슴을 허락하고, 가슴을 보여주다 보면 다리를 벌리는 일도 어려운 일이 못 되었다. 일당 사만 원짜리가 한 시간에 십만 원도 벌 수 있었다. 세상은 나만 모르게 진작부터 그랬다.

별채의 천장을 보며 누워 있으면 남자의 거친 숨소리 사이사이 찰박거리는 물소리가 들렸다. 처음에는 들리지 않던 그 소리가 점점 커지고, 선명하게 들리다가, 나중에는 콸콸콸 쏟아지는 소리로 들렸다. 내가 물속에 있는 것처럼 세상이 온통 물소리로만 채워진 것 같았다.

일을 끝내고 별채에서 나오면, 나는 꼭 물가에 들러 한동안 서 있곤 했다. 물은 느리고, 또한 무심하게 흘렀다. 시간도 그렇게 흐르기 마련이라고 알려주는 것 같았다. 쪼그려 앉아 손을 씻었다. 차가운 물에 손을 담그면 정신이 번쩍 들었고, 나는 다시 왕백숙집 여자가 될 수 있었다.

이제 나도 내 마음대로 반찬을 싸가게 되었다. 그게 하나도 반갑지 않았다.

　　　　　　　　　　　　*

　민영에게 다시 전화가 온 건 두 달 뒤였다. 수첩은 58번까지 적혀 있었다. 자정이 다 되어 옥탑방으로 막 들어선 참이었다. 남편이 환하게 웃으면서 문을 열어주었다. 너 미쳤구나! 남편 얼굴을 빤히 쳐다보며 소리를 질렀다. 움찔 놀란 남편이 뒤로 주춤 물러섰다. 통화 내용은 지난번과 다르지 않았다. 다만 남편 앞이어서 보내준 돈 얘기는 안 튀어나오게 주의했다.

　"나는 돈이 어디서 솟니? 나도 피똥 싸면서 버는 돈이라고!"

　남편 들으라고 더 큰 소리를 쳤다. 남편의 얼굴이 점점 굳어졌다. 나의 성난 목소리는 고함으로 변했고, 내 고함 소리가 내 화를 더 돋웠다. 길길이 날뛰며 욕을 퍼부었다. 민영은 지난번과 달리 묵묵히 듣기만 했다. 그럴수록 나 혼자 분통이 터져 미친년처럼 떠들어댔다. 어느새 전화가 끊겼다.

　아이가 꿈틀거리며 뒤척였다. 남편이 슬며시 이불을 들추고, 조심스럽게 기저귀를 갈았다. 그 바람에 잠이 깬 아이가 제 아빠를 보고 빙긋 웃었다. 나와 눈이 마주치자 그 웃음이 사라졌다. 한숨이 나왔다.

방의 대각선으로 매단 줄에는 아이 내복과 수건, 속옷, 양말이 색깔과 크기대로 반듯반듯하게 널려 있었다. 남편이 싱크대 앞에서 부스럭거렸다. 뭐 해?

"저녁상 차려야지. 된장 끓여놨어. 당신 좋아하는 달래장도 해놨는데."

"당신이나 먹어!"

남편이 입술을 굳게 다물더니, 기어이 한마디 더 했다.

"그래도 사람이 하루 종일 일을 하고 왔는데, 한술 들어야지."

"길길이 날뛰던 거 못 봤어? 생각 좀 하고 살아. 아, 답답해 정말."

"처제 전화였어?"

"얼굴도 모르면서 처제는 무슨 처제?"

컵과 물통을 내려놓은 남편이 내 옆에 앉으며 슬쩍 어깨를 주물렀다. 치워! 찬물을 벌컥벌컥 마셨다. 아이가 뚫어지게 나를 처다봤다. 아침저녁으로만 보는 엄마가 낯선 모양인지 입을 삐쭉거렸다. 아이가 슬금슬금 엉덩이걸음으로 뒤로 물러섰다. 책상 위에는 가제 수건과 분유통, 젖병으로 어지러웠다. 북, 아이가 남편의 책을 찢었다. 남편은 아이를 말리지도 않았다. 어느새 아이가 남편의 책을 꺼내 넘기거나 찢으면서

놀 수 있을 만큼 커 있었다. 남의 집 애처럼 낯설었다. 물 한 컵을 더 마셨다. 그래도 속이 탔다. 구석에 못 보던 화분 서너 개가 보였다.

"공기를 맑게 해주는 화분이래."

"나는 뼈 빠지게 일해서 버는데 당신은 저런 거나 사들여?"

"안 샀어. 요 앞 공판장 아줌마가, 애기 있는 집에 좋다면서. 곧 돌이니까 선물로 준 거야."

"당신한테 애가 있는지 어떻게 알고?"

"왜 몰라. 만날 애 물건 사는데."

"그럼 살림하는 애 아빠라는 것도 알겠네. 콩나물, 호박, 두부 같은 걸 사왔으니 모를 리가 있나. 왜 다른 것도 좀 달라고 하지? 아줌마? 이 아줌마가 왜 애먼 남자한테 꼬리를 쳐!"

"여보."

"왜!"

"일이 많이 힘들구나."

남편이 고개를 숙였다.

"미안해."

"듣기 싫어! 미안하단 말은 공짜지! 당신이 뭘 안다고! 시끄러워!"

내가 소리를 지르자 아이가 기겁을 하고 제 아빠의 품에 안겼다. 남편에게 안긴 아이의 등이 숨을 쉴 때마다 파닥거렸다. 아이가 뒤집고, 이가 나고, 기어 다니고, 혼자 앉고, 말을 시작하는 걸 지켜본 사람은 내가 아니라 남편이었다. 씻기고, 먹이고, 재우고, 놀아주는 것도 남편이었다. 아이에게 아빠는 엄마였다. 벽에는 아이의 낙서들이 액자처럼 붙어 있었다. 못 보던 장난감도, 그림책도 구석에 말끔하게 정리되어 있었다.

완벽해 보였다. 작지만 두 다리를 뻗고 잘 수 있는 방이 있고, 아이가 있고, 남편이 있다. 구수한 된장 냄새가, 뭉근한 밥내가 오늘 하루의 고단한 일쯤은 잠깐 잊어도 된다고 위로하는 것 같았다. 말간 얼굴의 아이, 초록의 화분, 알록달록한 장난감, 창문에 맺힌 부연 습기, 평화라든지 행복이라는 단어와 어울릴 풍경이었다. 하지만 싱크대 앞에서 고무장갑을 낀 남편의 뒷모습이나 아빠만 찾는 아이의 새카만 정수리가 등골을 선연하게 만들었다. 뜻하지 않은 민영의 전화에, 손님에게 시달려 쓰린 허벅지 안쪽의 통증까지 느껴지자 머리가 지끈거렸다. 어디서부터 손을 써야 하는 걸까. 붕, 부릉. 멀지 않은 곳에서 아까부터 오토바이 소리가 들렸다. 나는 불을 끄고 이불 속으로 기어들어갔다.

다음 달이면 아이의 돌이다. 일 년이 다 되도록 남편은 저 모양이었다. 내가 왜 별채에 들어가는데!

별채에 들어가면서 가욋돈이 생겼다. 한번 시작하니까 그만둘 수 없었다. 남편 몰래 통장을 만들었지만, 좀처럼 모이지 않았다. 지난번 민영과의 통화 이후 연락이 된 준영과 엄마에게 용돈을 보냈다. 표 나지 않아도 빚도 갚아야 했다. 남편에게는 담뱃값이나 책값을 찔러줄 요량이었다. 곧 아이 돌이니, 떡도 하고 옷이라도 한 벌 사주고 싶었다. 여하튼 다른 벌이가 있다는 생각에 괜히 씀씀이가 커졌다. 돈은 언제나 모래알처럼 흩어졌다.

"아까, 소리 질러서 미안해요."

나는 좀 전과 달리 수그린 목소리로 남편의 팔을 찾아 그러안았다. 남편이 어색하게 내 쪽으로 몸을 돌렸다. 변한 내 목소리가 못 미더운 모양이었다. 남편은 어느새 내 눈치를 살피며 전전긍긍했다. 나는 남편을 껴안았다.

"당신 어머니는 어떤 분이셔?"

남편이 내 목덜미에 얼굴을 묻었다. 남편의 머리에서 살비듬 냄새가 났다. 형편이 형편이니 결혼식 같은 건 꿈도 꾸지 않았다. 뭐라도 이뤄낸 후에 인사하자며 양쪽 집에 알리지도 않고 살림부터 냈다. 남들에게 받는 축복도 탐이 났지만, 하루하루 살아가는 일이 더 큰 숙제였다. 세상에 엄두도 못 내는 일들이 한두 가지가 아니었다.

"우리 엄마도 불쌍해. 나 하나만 믿고 사는 분이니까. 다, 내가 못나서……. 나 때문에 우리 엄마도, 당신도 고생만 시킨다."

아는 사람이 그러니? 하고 싶은 말이었지만 참았다. 남편이 팔을 뻗어 가슴을 쥐었다. 아빠. 남편 뒤의 아이가 선잠이 깨어 제 아빠를 불렀다. 응, 응. 얼른 내 몸에서 손을 뗀 남편이 아이를 향해 돌아누웠다. 어두운 방 안에 아이의 가슴을 토닥이는 소리만 들렸다. 남편을 이렇게 날백수로 만들 수는 없었다.

"어머니……, 건강하시지?"

"정정하시지. 그러니 작업 가서 일도 하고, 내 용돈도 보내주셨지."

나는 똑바로 누웠다. 밖에서 들어온 불빛이 천장에 어른어른 흔들렸다.

"주말에, 어머니 한번 찾아가요."

아이의 가슴팍을 다독이던 소리가 뚝 멈췄다.

*

왕백숙집도 한 달에 하루는 쉬었다. 하루라도 출근하지 않는 날이 있어 다행이었다. 시외버스를 타고 두 시간, 군내버스를 타고 다시 한 시간을 들어갔다. 두꺼운 옷을 입히고 목도리로 둘둘 싸맨 아이가 자꾸 보챘다. 아이는 남편이 안고, 가방은 내가 들었다. 옷가지와 장난감, 기저귀에 물티슈, 로션, 비누까지 챙기니 가방 두 개로도 부족할 판이었다.

집을 나서기 전, 남편이 아이 옷을 입히다 말고, 주저앉았다. 뭣도 모르는 아이가 가방 속의 제 물건을 자꾸 끄집어냈다.

"꼭 이렇게까지 해야 해?"

"아이 맡길 돈까지 나더러 벌어오란 소리야? 몇 번을 말해야 알아들어. 나는 돈 벌고, 당신은 공부하자고. 그러니까 처음부터 제대로 하든가!"

시골집에 아이를 맡기자는 이야기를 꺼낼 때부터 반복했던 말이었다. 남편은 계속 안절부절못했다. 아이를 시골집에 맡기기 싫으면 자기가 일하겠다고 할 줄 알았다. 그렇게 살바에야 공부고 뭐고 다 때려치우겠다고 소리치기를 바랐다. 하지만 남편은 굳게 입을 다물었다. 정말 공부를 하겠다는 의지인지, 나에게 화가 났다는 의미인지 구분되지 않았다. 나도 마음이 편할 리 없었다. 하지만 이 방법 외에는 다른 도리가 없었다. 내가 바란 것은 아이를 떼놓는 것이 아니라, 남편이 이를 악물고, 독을 품게 하는 것이었다. 그래야 제대로 살 수 있을 것이었다. 공부든 돈벌이든 이제는 결단을 내려야 했다. 불가피한 선택이었다.

버스에서 내리고서도 구불구불한 시골길을 제법 걸었다. 온통 허연 눈으로 덮여 있는 마을은 사람 하나 보이지 않았다. 띄엄띄엄 집이 보였다. 저기야. 산자락 아래에 회색 지붕이 하나 보였다. 남편이 아이를 추켜 안았다.

돌이 지난 아이는 좀처럼 걸을 생각을 하지 않았다. 잡고 일어서는 것도 힘겨워했다. 늦된 아이들도 있다고 했다. 움직이고 싶을 때는 앉은 채로 팔 힘을 써 엉덩이를 밀었다. 겨우 앞, 뒤로만 움직였다. 아이는 죽어도 나한테 오지 않았다. 팔을 벌리면 고개를 홱 돌려 남편한테 엉덩이걸음으로 도망쳤다. 억지로라도 안으면 몸을 뒤로 젖히고 악을 질렀다. 서운하고 노여웠다. 바람이 찼다. 아이를 안고 걷는 남편도 숨이 차 씩씩거렸다. 가방을 든 나도 수월한 건 아니었다. 눈발이 날리기 시작했다. 아, 차. 아, 차가. 아이는 아빠 품으로 더 파고들었다.

내복 바람인 남자애가 뜨악한 표정으로 우리를 쳐다봤다.

뱅그르, 돌던 팽이가 흙바닥에 풀썩 멈췄다. 눈발도 날리는데 맨발이었다. 내가 다 소름이 끼쳤다. 할머어니. 빨랑 들와. 할미 말 좀 들어! 할머니, 누가 왔는데요? 누구. 올 사람 없다. 얼렁 들와. 춥다! 할머어어니.

"엄마!"

엄마. 남편이 한 번 더 불렀다. 그제야 미닫이문이 열렸다. 허리가 굽은 노파가 튀어나왔다. 문에 매달려 고개를 빼고 바깥을 기웃거리는 애가 있었다. 머리가 긴 여자애였다. 노파가 주먹을 쥐고 남편에게 달려들었다.

"공부가 아니라 오입질하라고 내가 거기까지 보내놨냐? 이 여자랑 애새끼는 다 뭐야? 저게 다 네가 저지른 거냐? 하이고, 네가 내 등골 빨아먹고 애나 만들어와?"

남편은 대꾸 없이 노파에게 등을 내보였다. 어디서 저런 힘이 나오는지, 노파는 얼굴이 시퍼렇게 질릴 때까지 주먹질을 한 뒤에야 멈췄다. 그러더니 맨발인 남자애의 등을 후려치며 집 안으로 몰았다. 쾅! 미닫이문이 세차게 닫혔고, 이가 맞지 않아 귀퉁이의 틈이 벌어졌다. 그 사이로 여자애가 보였다. 남편이 집 안으로 들어갔다. 나는 발이 떨어지질 않았다.

노파의 부엌은 단출했다. 나는 냄비를 찾아 왕백숙집에서 사온 백숙을 다시 한 번 끓이기 시작했다. 금세 부엌 창문이 부예졌다. 노파의 목소리에 온 집 안이 떠나갈 듯했다. 왜소한 체구에서 어떻게 저런 목소리가 나오는지 놀라웠다. 징그러운 것들, 이라고 애들에게 소리쳤다. 남편의 조카들이었다. 형이 있다는 것도 처음 들은 이야기였다. 생각해보니 남편에 대해서 아는 게 참 없었다.

"장가 못 가면 죽는다냐? 왜 돈을 들여 여자를 사와, 사오긴. 누가 내 제사 차리라고 그랬어?"

남편의 형은 집 나간 아내를 찾아 헤맨 지 이태가 넘었다는 것이다. 노파는 새끼 버린 며느리 욕을 하느라 여념이 없었다. 노파에게 쫓겨난 애들이 부엌으로 들어왔다. 일곱 살, 다섯 살 아이들은 모두 두 눈이 동그랬다. 그제야 속눈썹이 길고 피부가 거무튀튀한 게 도드라져 보였다.

"다른 나라 년들은 제 새끼 귀한 줄 모른다냐? 어떻게 생때같은 새끼들을 버리고 도망을 쳐, 도망을."

상을 차리면서, 닭고기 몇 점을 뜯어 애들 앞에 내밀었다. 선뜻 달려들지 않았다. 내가 여자애의 입에 넣어줬다. 그제야 큰애도 덥석 달려들었다. 입가에 기름기를 묻히면서 먹는 두 아이를 보니 심란했다. 여기에서 아영이가 자랄 수 있을까. 어떻게든 크겠지, 어떻게든. 여자애가 그릇을 내밀었다.

"더 줘?"

여자애가 끄덕였다. 냄비에는 고기와 국물이 식구들이 다 먹고도 남을 만큼 끓고 있었다. 나는 호오 불어가며 살코기를 떼줬다. 눈치를 보던 남자애도 더 달라고 했다. 내복 차림의 두 애들은 말없이 먹기만 했다. 저것들의 어미도 밥 먹고 살겠지. 그 밥이 목구멍으로 잘도 넘어가겠지. 언제부턴가 방 안이 잠잠했다. 냄비의 불을 끄고 문 앞에 쪼그려 앉았다. 배가 부른 애들은 부엌에서 사라졌다. 하루 종일 먹은 게 없었다. 냄비 속에는 백숙이 한가득한데, 어쩐지 먹고 싶은 생각이 들지 않았다.

노파는 끝까지 나와 눈을 마주치지 않았다. 상을 들이고 수저를 집어주면서, 어머님 드세요, 라고 말했다. 어머님이라는 말이 영 어색하고 이상했다. 노파는 대꾸 없이 내가 건넨 수저를 마다하고 남편 앞의 수저를 들었다. 후룩, 한술 뜨더니 남편을 노려봤다.

"이딴 거나 처먹이고 네 새끼 거둬주길 바라는 도둑놈 심보지?"

게걸스럽게 맨손으로 고기를 뜯어 먹으면서 노파는 계속 떠들어댔다. 말끝마다 억장이 무너진다는 소리를 했다. 나는 수저를 내려놓았다. 남편이 눈짓을 했지만 더 먹지 못했다. 먹을 수가 없었다. 노파가 무서운지 아이는 남편의 품에서 더 더욱 떨어지질 않았다.

"애가 좀 이상하다. 아니 엄마를 따라야지, 어찌 아빠 품을 못 떠나. 색시도 그렇네. 애 아비부터 먹일 생각을 해야지. 애가 거머리처럼 붙어 있는데 어떻게 가만히 있어. 애가 안 떨어지면 억지로라도 잡아떼서 동네 한 바퀴라도 후딱 다녀오든가. 요즘 것들은 저 생각만 하지. 그런 것도 못하면서 돈 벌어 식솔 먹여 살린다는 게 나는 통 믿기지 않네."

노파의 말을 묵묵히 들으며 밥을 넘기는 남편이 더 못마땅했다. 부아가 치밀었다. 뭐 잘난 게 있다고 다들 저렇게 뻔뻔한지. 나는 뭘 잘못했다고 이렇게 고개를 조아려야 하는 것인지, 도대체 알 수가 없었다.

"어디 있냐들? 와서 애랑 좀 놀아라. 작은아버지 밥 좀 먹게."

여자애가 쪼르르 달려 나와 아이 앞에 앉았다. 이리 와, 아가야. 여자애가 손을 내밀었다. 남편이 아이를 조심스럽게 바닥에 내려놓았다. 아이가 기겁을 하고 남편의 품으로 달려들다가 상다리를 건드렸다. 그때까지도 김이 나던 국물이 넘치면서 한바탕 소동이 벌어졌다. 졸지에 나는 무릎을 꿇고 걸레질까지 해야 했다. 노파가 내 쪽으로 몸을 홱 돌렸다.

"생활비 보내라. 애들 입도 입이어서 많이 들더라."

남편 주변에 세 아이들이 올망졸망 붙어 있었다. 방 안에 있는 모두가 나를 쳐다봤다. 버스 시간이 얼마 남아 있지 않았다.

나도 모르게 잠이 들었다가 깼다. 차창 밖이 어두웠다. 아이가 떨어지질 않아, 결국 남편이 남았다. 며칠 지내면서 노파와 아이들, 시골집에 적응을 시키고서 올라가겠다는 것이었다. 내키지 않았지만 울던 아이가 급기야는 부들부들 떠는 걸 보고 나니, 버리듯이 놓고 올 재간도 없었다. 시외버스에 오르자마자 나는 눈을 감았다. 아무것도 생각하고 싶지 않았다.

창문에 이마를 댔다. 소스라치게 차가웠다. 번뜩, 정신이 들었다. 얼마 만에 혼자인가. 지금 당장 해결하지 못한 문제들을 잠시 잊어도 될 것 같았다. 어깨에 힘이 빠지고, 두통이 사라졌다. 버스는 앞으로 달려갔다. 나는 의자 깊숙이 몸을 숨겼다. 집으로 가는 시간이 오래 걸렸으면 좋겠다는 생각이 들었다. 아무것도 안 해도 아무렇지 않은 시간이었다. 주머니 속의 금가락지를 매만졌다. 노파의 찬장 구석에 찌그러진 플라스틱 통이 있었다. 그 안에는 꼬깃꼬깃 접힌 지폐와 동전 몇 개, 그리고 금가락지가 들어 있었다. 그걸 훔쳐온 참이었다. 금가락지는 내 손가락에 많이 컸다.

*

　눈을 뜨면 제일 먼저 아이 얼굴이 떠올랐다. 조막만 한 하얀 얼굴, 까만 머리털, 먼지처럼 작은 발톱……. 아이는 여전히 안 떨어진다고, 시야에서 사라지기만 해도 울음을 터트린다고, 남편은 매번 같은 소리였다. 무섭진 않아? 라고 물어볼 때의 남편의 목소리는 다정했다. 하지만 전화를 끊기 전, 미안해, 라고 말할 때면 소름이 돋았다. 그때만큼 남편이 무능하게 느껴질 때가 없었다. 치가 떨렸다. 하루 이틀 미루던 남편은 아예 올 생각이 없어 보였다. 어두운 빈집에 들어설 때는 섬뜩했지만 혼자 일어나 혼자 집을 나설 때면 홀가분했다.

　승합차에 오르자마자 언니가 내 어깨를 탁 쳤다. 차는 출발했고, 나는 벌러덩 의자 위로 넘어졌다. 며칠 전에 새로 산 짧은 치마를 입은 날이었다. 그 바람에 앞에 앉은 이모님에게 가랑이를 보였다.

　"누굴 꼬시려고 이런 옷을 입어?"

　퇴근 후에 선생님을 만나기로 되어 있었다. 처음으로 만 원짜리를 주머니에 넣어준 손님이었다. 초등학교 교감 선생님이라고 했다. 나도 선생님이라 불렀다. 원래 왕백숙집 단골이라며, 두어 개의 산악회 모임 총무라는 걸 말해준 건 언니였다. 언니는 자기 단골이라고 표현했다. 그러거나 말거나 선생님은 나에게 팁을 주었다. 가끔은 화장품이나 스카프 같은 걸 건넸다. 물건도 물건이지만, 받으면 더 좋아하는 선생님을 보는 것도 나쁘지 않았다. 며칠 전이었다. 이번에는 아이섀도였다.

"우리 마눌님은 안 쓰시겠대. 그래도 남편이 선물이라고 내민 걸 안 쓰겠다고 야멸치게 말하는데, 정 떨어지더라고. 평생 같이 살았는데 자기 눈 화장 안 하는 거 몰랐냐며 오히려 성을 내는 거야. 마누라 얼굴 볼 시간이 어디 있었나. 밥 벌어 먹고사느라 고생한 건 쳐주지도 않고. 저도 서운하겠지만, 아, 나도 서운하더라고."

그러면서 내 손을 만지작거렸다. 예쁜 얼굴 꾸미면 더 예쁘겠다. 이거 쓸래? 명품 화장품이었다. 나는 마다하지 않았다.

"나 같은 할아버지가 건네는 것도 마다하지 않으니, 내가 매번 고마워. 고마워서, 밥이라도 사고 싶은데."

나는 선생님에게 내 연락처를 건넸다. 처음으로 왕백숙집 바깥에서 사내를 만나는 일이었다. 그건 수첩에 적지 않아도 된다는 뜻이다. 왕 사장과 나누지 않아도 되는 벌이가 생긴 것이었다. 그날, 퇴근길에 산 치마였다.

왕 사장의 승합차가 서는 사거리에 여자 옷을 파는 좌판이 있었다. 일 년 열두 달 하루도 빠지지 않고 펼쳐졌다. 요즘 유행하는 옷들이었지만 어딘가 조금씩 허술해 보였다. 늘 지나쳤는데 처음으로 그 앞에 섰다. 청년 하나가 슬쩍 내 가까이 다가왔다. 저건, 얼마죠? 내 목소리가 너무 컸는지, 지나가던 사람이 나를 뒤돌아봤다.

"이제 본색을 드러내겠다는 거지?"

언니가 입을 삐죽대며 시비를 걸었다.

"왜 이래요, 내가 뭘요?"

"옷 꼬라지하고는. 너, 우리 선생님 만나는 모양인데, 걸리기만 해봐. 아주 그냥 작살날 줄 알아."

"내가 내 옷 입는데 무슨 상관이에요?"

"아침부터 왜 그래, 뭐 잘못 먹었냐?"

이모님이 거들었다. 언니가 씩씩대며 나를 노려봤다. 왕 사장은 아무 말도 안 했다. 이런 옷은 줘도 못 입을 주제에. 뒤룩뒤룩 살찐 얼굴로 벌겋게 화내는 것을 보니 발정한 돼지 같았다.

"아무튼, 너 구려. 재수 없어. 조심해. 걸리기만 해봐, 아주."

"아침부터 지랄들 한다. 조용히 못 해!"

왕 사장이 소리쳤다. 언니는 왕 사장을 노려봤다.

"사장님도 그러는 거 아니에요, 정말. 내가 살림을 내자고
했나, 돈을 달라고 했나!"

"나보고 어쩌란 말이야, 그럼!"

"이년이랑은 돈 주고 했지? 야, 넌 좋겠다. 돈도 받고 씹도
하고."

급정거를 했다. 왕백숙집까지 가려면 십여 분은 더 가야
했다. 왕 사장이 소리쳤다.

"내려! 너 아니어도 일할 년들 많아. 당장 안 내려!"

언니는 팔짱을 낀 채 씩씩거리기만 했다. 내려! 왕 사장이
몇 번이나 고함쳐도 꿈쩍 안 했다. 차 문이 열리더니 왕 사장
이 언니를 잡아끌었다. 언니는 버티고 또 버텼다. 보다 못한
이모님이 언니를 밀었다.

"내리라잖아. 추우니까 어서 내려. 문 닫게."

"왜, 다들 나한테만 그래!"

언니가 울음을 터트렸다. 아침부터 재수가 없으려니. 컥,
퉷. 왕 사장이 세차게 문을 닫고 담배를 물었다. 나와 이모님
은 멀뚱히 언니를 쳐다봤다.

"뭔 일 있지?"

"애 아빠가 간암이래요."

그러더니 대성통곡을 하는 것이다. 기다렸다는 듯이 터진 울음이었다. 운전석에 오른 왕 사장은 별말 없이 차를 몰았다. 도로의 차는 대부분 물가의 식당으로 들어갔다. 차에서 내리는 사람들은 대체로 우리 같은 사람들일 것이었다. 돈을 벌기 위해 몸을 써야만 하는 사람들, 몸 아니면 돈 버는 방법을 모르는 사람들, 다른 방법을 차마 꿈꿔보지 못한 사람들, 다른 이들에게는 가능한 꿈이라는 것도 모르는 사람들. 구부정한 허리로 느린 걸음을 걷는 이들이었다. 이모님은 언니에게 어떻게 된 건지 자세히 말하라고 다그쳤다. 얼마나 진행이 된 것이냐, 고칠 수는 있느냐, 보험 같은 건 들어뒀느냐…….

수술 같은 건 꿈도 꾸지 마. 우리 같은 형편에 아프기까지 해? 그게 가장의 도리니? 엄마가 누운 아버지를 내려다보며 매몰차게 말했다. 남은 식구들 고생시키고 죽기만 해봐. 내가 먼저 죽일 거야. 아픈 아버지는 대거리를 하지 않았다. 그게 엄마 속을 더 뒤집는 모양이었다. 나중에는 아버지에게 손을 대기 시작했다. 원망의 주먹질은 화풀이로, 나중에는 습관이 됐다. 죽을 거면 빨리 죽어, 이왕이면 나가서 죽어버려! 나와 민영은 시도 때도 없이 소리 지르는 엄마를 말리지 못했다.

민영의 등록금을 구하려고 온 식구들이 한창 혈안이 돼 있었다. 그런데 병원비와 약값까지. 답이 없었다. 아버지도 간암이었다. 얼마나 아팠는지 자기 발로 찾아가 검사를 받고 알게 된 병명이었다. 이제라도 알았으니 다행이라는 말을 아무도 하지 않았다.

아버지는 그 뒤로 이 년을 더 살았다. 죽기 직전에는 응급실을 들락거렸고, 피똥을 지렸다. 엄마는 정신을 잃은 아버지를 종종 발로 차기도 했다. 아버지가 죽자 엄마는 만세라도 부를 기세였다. 나는 그런 엄마를 이해했다. 아버지가 죽었을 때 운 사람은 민영뿐이었다. 자기 때문이라며 울부짖었다. 그래 봤자 죽은 후였으므로 민영의 울음은 의미가 없었다.

언니는 왕백숙집에 도착할 때까지 내내 울었다. 짧은 치마가 자꾸 위로 올라갔다. 언니의 울음 섞인 말소리는 알아듣기 힘들었는데도 이모님은 진득하게 귀 기울였다. 언니의 어깨를 끌어안고 다독였다. 나는 다리를 꼬고 앉아 창밖으로 시선을 돌렸다. 어쩌겠는가, 이미 벌어진 일이 아닌가. 운다고 해결될 일은 세상에 아무것도 없었다.

　남편이 아프다고 해서 일을 그만둘 수 없었다. 크는 애들 둘에, 벌어놓은 것은 없고, 게다가 아픈 남편까지 있다. 자리보전하고 눕기에는 너무 젊지 않아? 이제 사십대 중반인데, 나보고 어쩌라는 거야. 언니는 테이블을 닦다 말고 행주를 냅다 집어 던졌다.

　"그러게 왜 병원에 가, 가기를. 우리 같은 형편에 무슨 호강을 하겠다고 병원에 가."

　"그럼 아픈데 말아?"

　"말아야죠. 이모님도 병원 안 간다면서요. 무슨 병이라도 있을까 봐 못 간다면서요."

　"그렇지. 살 만큼 살기도 했고. 나야, 누려보기도 했으니까."

　"그러게요. 우리처럼 천성이 이따위인 인간들은 아파도 안 되는 건데, 아프고 지랄이어서 아주 하루하루가 개뼈다귀 같습니다."

　"말 좀 가려서 해라."

　어느 틈에 왕 사장이 홀에 들어와 있었다.

　"그러면 돈 더 버는 데로 가."

　"이 마당에 내쫓겠다고요? 세상이 이렇다니까."

"꼬지 좀 마라. 너는 그게 문제야."

"살 사람이라도 있으면 장기라도 팔아야 할 지경이네요."

말해놓고도 뜨끔했는지, 자리를 피해 구석 테이블에 앉아 수저통을 닦았다. 나는 창가에 서서 왕 사장이 승합차에 오르는 걸 바라봤다. 모처럼 단체 손님이 있는 날이었다. 모두 세 팀이었는데, 두 팀은 왕 사장이 데리러 가야 했다. 주방의 이모님은 진작 분주했다. 나와 언니도 화장을 고치기 위해 거울을 꺼내 들었다. 피부는 거칠었고, 그럴수록 화장이 짙어졌다. 그러고 보니 화장이라는 것도 왕백숙집에서 생전 처음 해본 것이었다. 처음에는 분만 허옇게 발라 언니에게 핀잔을 들었다. 그러나 이제는 아이라인까지도 능숙하게 그려냈다. 뭐든지, 익숙해지지 못할 것은 없었다.

"여기가 처음이라더니, 할 만해?"

어느새 다가온 이모님이 무 한 조각을 내밀었다. 알싸하고 달짝지근한 겨울 무였다.

"돈 버는 일이 다 그렇죠, 뭐."

나는 무를 우물거리며 치마를 탁탁 털었다. 괜히 멋쩍었다. 부스스한 먼지가 일었다.

"젊으니까 그런 일이라도 하지. 너네들은 좋겠다."

"날씬하고 젊으니까 손님들이 너만 찾고. 넌 더 좋겠다."

좋은 일인가. 생전 처음 보는 사내 앞에서 옷을 벗고 받는 돈이었다. 금반지도 생기고 화장품도 생기고 옷도 생겼다. 그래도 옥탑방에 살고, 통장의 잔액은 늘지 않았다. 나는 능숙하게 다리를 벌렸지만, 물가에 서 있는 시간은 점점 길어졌다.

손님들은 천태만상이었다. 혹시라도 신고가 들어갈까 봐 왕 사장이 나름 선별을 한다고 해도, 돈 주고 여자를 사는 사내들은 힘겹게 예의를 갖추지 않았다. 다짜고짜 술을 먹인다든가, 무턱대고 옷 속으로 손을 집어넣는 일은 다반사였다. 나 하나를 두고 서넛이 같이 해보자고 덤비는 이들도 있고, 여럿이 보는데 둘이 하자는 남자도 있었다. 처음엔 큰일 나는 것처럼 펄쩍 뛰었지만, 언제부턴가는 따따블이면 못 할 것도 없죠, 하고 웃었다. 남편과 아이가 시골집에 머물게 되면서 나는 조금 더 과감해지고, 조금 더 뻔뻔해졌다.

이불 속에서나 간신히 팬티를 내리던 나는, 한참 밥을 먹고 있는 손님 앞에서 척척 옷을 벗고 먼저 이불 위에 누워 있곤 했다. 변죽을 울리면서 자꾸 대화를 하려는 손님은 일부러 잡아끌어 삽입하게 했다. 어떻게든 사정만 하면 되는 일이었다. 개중에는 매너 좋은 사람도 있었다. 그런 사내가 바깥에서 만나자고 하면 좋겠다는 생각을 해보곤 했다. 선생님을 만

나보니 애프터도 할 만했다. 기름기 있는 거 말고, 커피 한잔 마시면 좋겠다. 닭고기 그릇을 툭 밀어내며 혼잣말처럼 흘리면, 그걸 줍는 이가 있었다. 나는 거침이 없었다.

별채 손님이 많은 날에는 허벅지가 검게 멍이 들기도 했다. 기계적인 관계라 해도 못 할 짓이라는 생각에 진저리가 쳐졌다. 어떻게든 빨리 사정을 하도록 이끌어야 했다. 몸에서는 닭 비린내가 가시질 않았다. 일을 마치고 옥탑방 계단을 올라갈 때 골반이 빠질 것 같았다. 몸이 아플수록 허망했다. 이러다가 나는 어떻게 되는 걸까, 덜컥 겁이 나기도 했다. 그래도 멈출 수 없었다.

왕 사장은 계절마다 태민의 친구들이나 학교 선생님들을 불러 밥을 먹이곤 했다. 해가 바뀐 지 얼마 되지 않아, 왕 사장은 아이들을 불렀다. 열여덟이 된 태민과 친구들은 모두 체격이 좋았다. 교복이 아닌 사복을 입고 있으니 모두 건장한 청년들처럼 보였다. 그중에서도 태민은 도드라졌다. 처음 봤을 때는 마르고 키만 큰 미소년이었다. 그러던 아이가 청년이 되었다. 피부가 거뭇해지더니, 어깨가 발달하고 허벅지도 굵어졌다. 우람한 손, 우렁우렁한 목소리는 왕 사장과 꼭 닮았다. 아이들 중에서 태민이 단연 눈에 띄었다. 그날, 별채로 음식을 나른 건 나였다.

문이 열리자마자 왁자한 웃음이 뚝 그쳤다. 모두들 태민을 주목했다. 두 상에 여덟 명이었다. 물병과 기본 찬을 내려놓았다. 누군가 헛기침을 했다. 고기 가지고 가라! 밖에서 왕 사장이 소리쳤다. 태민이 벌떡 일어났다.

"고기도 네가 가지고 올 거지?"

"너?"

"그래, 너."

아이들이 이번에는 나를 쳐다봤다. 알 수 없는 공기가 끈적끈적하게 내 몸에 매달렸다. 아이들의 눈빛이 그랬다. 단번에 어떤 상황인지 감이 잡혔다.

"너희들 다 여자친구 있잖아. 왜 아줌마한테 그래?"

누군가 키득 웃었다. 심각하게 인상을 쓴 태민이 이죽댔다.

"여친이랑 하는 맛이 같겠어?"

문이 벌컥 열렸다.

"고기 다 됐다고 몇 번이나 말을 해!"

이 인분으로 나오는 백숙 다섯 그릇을 시작으로, 밥, 파전과 낙지찜, 과일, 음료수까지 계속 날랐다. 내가 방에 들어가기만 하면 태민은 굳은 표정으로 나를 노려보고, 아이들은 괜히 태민의 눈치를 살폈다. 왕 사장이 계속 들여다보라고 하는 바람에 방 안에서 닭고기를 찢고, 국물을 떠주고, 파전을 잘랐다. 아이들은 모두 먹성이 좋았다. 가위를 들고 낙지 다리를 자르려던 참이었다. 태민이 덥석 내 가슴을 움켜쥐었다. 태민의 손에 묻었던 기름이 개량 한복에 고스란히 얼룩을 만들었다.

"나 가위 들고 있다."

"씨발년아, 입 다물어! 내가 사장 아들인 거 몰라?"

"사장 아들이 뭐?"

누군가 쿡쿡 웃어댔다. 태민아, 아줌마 무섭다. 아이들의 달뜬 웃음소리가 이어졌다. 나는 태민을 노려봤다. 태민이 지갑에서 수표 한 장을 꺼내 테이블 위에 올렸다.

"돈 받으면 뭐든 다 하지?"

"어디서 들은 건 있구나."

나는 가위를 내려놓았다. 가위와 손에 묻었던 기름기 때문에 상 위가 번들거렸다. 미끄러운 손을 앞치마에 쓱 닦았다. 수표를 집어 들었다.

"뭘 할까요?"

시끄럽던 아이들이 조용해졌다. 건너편에 앉은 아이 하나가 숟가락을 입에 문 채 고개를 빼들었다.

"치마 벗어."

일어나서 치마를 내렸다. 안에 입은 내복이 나왔다.

"그것도 벗어."

나는 꼼짝하지 않았다. 태민이 수표 한 장을 더 올려놨다. 수표를 쥐고 내복을 벗었다. 상의에 팬티만 입은 채 서 있는 꼴이 되었다. 태민이 무릎으로 기어와 팬티를 내렸다. 태민만 킥킥거리며 웃었다. 바깥에서 왕 사장의 고함이 들렸다. 뭐 하니, 손님 계시다! 나는 바닥의 옷을 주섬주섬 다시 꿰입었다. 아이들이 다시 수저를 들고 먹기 시작했다. 태민은 비식 거리면서 음료수를 마셨다. 나는 다른 손님들에게 그러하듯이 고개를 숙여 인사를 하고 방을 나왔다. 그날 이후로 태민이 내 주위를 맴돌았다.

언니는 결국 이모님처럼 야간 일도 알아보겠다고 했다. 암 진단을 받았다고 그날로 죽는 거 아니잖아. 그런 말을 종종 내뱉는 언니였지만, 빚내서 치료하자는 말은 차마 나오지 않더라 했다. 나는 아버지가 간암이었다는 말을 하지 않았다. 아버지가 어떻게 처참하게 죽었는지, 그렇게 죽는 걸 방치했던 식구들의 마음이 어땠는지 꺼내기 싫었다. 그래도 언니는 웃었다. 하긴 운다고 될 일도 아니었다. 달라진 게 있다면 손님들에게 더 친절하고 싹싹하게 군다는 것이었다. 웃음도 많아졌다. 남편이 아프니 더 버는 것이 수라고 했다. 병원 다닐

차비라도 벌어야지. 혼잣말을 주문처럼 중얼거리곤 했다. 내 몸을 뺏길까 봐 나도 긴장을 풀 수 없었다. 보란 듯이 선생님과 바깥에서 자주 만났다.

*

걸을 때마다 따끔거려 영 신경이 쓰였다. 다리 사이로 보이는 선생님은 섬뜩했다. 손에 든 면도칼 때문에 저절로 다리가 오므라들었다. 선생님의 무릎으로 내 다리를 억지로 벌렸다. 힘주면 다친다. 그러나 좀처럼 몸이 이완되지 못했다. 선생님이 냅다 엉덩이를 손바닥으로 내리쳤다. 착! 소리가 나자 정신이 번쩍 들었다. 엉덩이가 얼얼했다. 아, 고년. 되게 힘주네. 어느새 고개를 묻더니, 삭삭 소리가 나기 시작했다.

삭, 사악, 삭, 삭. 아이를 낳으러 간 병원에서도 저런 소리를 내며 털이 깎였다. 배가 아파 온몸이 뒤틀리는데도, 잠깐만요, 그러더니 저들 할 일을 다 하는 것이었다. 내 몸뚱이 하나 내 마음대로 할 수 없는 상황, 그 무력감은 공포였다. 얼마간은 비참하기도 했다.

왕백숙집에서 신사였던 선생님은 모텔 방에 들어서면 다른 사람처럼 굴었다. 나긋한 말투는 금세 명령 조로 바뀌었고, 예순이 넘었다는데도 지칠 줄 모르고 내 위에 올라탔다. 그러더니만 나중에는 아랫도리를 밀자고 졸랐다. 만날 때마다 졸라대는 통에, 몇 번 싫다 하다가, 허락을 해버리고 말았다. 대신, 갖고 싶은 게 있는데……. 나는 수줍은 척 눈을 내리깔고서 말꼬리를 흐렸다. 선생님은 어서 말하라고 부추겼다.

흐흑, 흐흑. 좋아 죽겠다는 선생님은 결국 아랫도리를 다 밀어버렸다. 내가 움직여서인지, 선생님의 잘못인지, 서너 군데에 상처가 났다. 그 상처가 팬티에 쓸려 따끔거렸다. 며칠 고생하겠다 싶었다. 나는 따끔거릴 때마다 선생님의 팔짱을 세게 부여잡았다. 사거리의 끄트머리에 금은방이 있었다. 자기를 만날 때마다 입어달라고 한 짧은 치마는 내 나이에 어울리지 않았다. 하지만 나는 허리를 펴고 걸었다. 부자 아빠를 둔 큰딸처럼 보이고 싶었다.

"한 돈짜리 반지보다는……, 이건 어떠세요?"

점원이 내놓는 반지는 18K의 가벼운 반지였다. 나는 선생님의 귀에 대고 싫다고 했다. 내 입김 때문인지, 선생님은 부르르 몸을 떨었다. 다른 것 좀 봐봐. 저건? 저건 어때? 결국 돈 반의 반지를 골라 손에 끼고 나왔다. 점원이 이상하게 여긴 건 내가 선생님의 귓불을 깨무는 걸 봤기 때문이었다. 그러거나 말거나 상관하지 않았다. 큐빅까지 박힌 반지를 보니, 기분이 좋았다. 남편과 살림을 시작하면서도 받아보지 못한 반지였다. 아니, 내 소유의 반지가 처음이었다.

"야, 네 거시기 한 번 더 보고 가야겠다. 집 비었다고 했지?"

못할 것도 없었다. 나는 선생님의 팔을 더 꼭 잡았다. 선생님의 차에 올라 오르막길을 올랐다. 주차장으로 쓰는 동네 놀이터에 차를 세웠다. 그리고 한참을 더 걸어야 했다. 아, 참 후진 데 산다, 너. 숨이 찬 선생님이 헐떡이며 말했다.

"아유, 힘드시면 좋은 데 방 한 칸 얻어주시든가."

"요거, 요거. 아주, 그냥."

선생님이 내 엉덩이를 꽉 쥐었다. 선생님의 숨이 더 가빠졌다. 좀 전 내 위에 올라탄 남자와 다른 사람 같았다. 모퉁이를 도니 옥탑방이 보였다. 그런데 불이 켜 있다. 아침에 내가 안 껐던가. 나는 우뚝 멈춰 섰다. 붕, 부릉. 그때 오토바이 소리가 났다. 선생님이 홱 고개를 돌렸다. 태민의 오토바이가 바로 코앞에 있었다.

"너, 뭐야. 뭐 하는 새끼야!"

태민의 눈에 시퍼렇게 불이 튀었다. 나를 향한 눈빛인지, 선생님을 향한 눈빛인지 가늠이 되지 않았다. 그때, 오토바이 라이트가 번쩍 켜졌다. 야, 불 못 꺼! 선생님이 손으로 얼굴을 가린 채 고함을 질렀다. 나는 얼른 팔짱을 빼고 멀찍이 떨어졌다. 공판장 여주인이 골목으로 고개를 내밀었다. 나는 어두운 골목으로 숨어들어갔다. 선생님이 두리번거리면서 나를 찾았다. 오토바이 소리가 완전히 사라지자 골목도 다시 조용해지고, 다시 어두워졌다. 나는 소리 없이 다시 몸을 드러냈다.

"아무래도 남편이 와 있는 것 같아요."

"뭐야? 아까랑 말이 다르잖아."

"불이 켜 있어요."

"갖다 와봐."

"만약 있으면 어떡해요."

"어떡하긴 어떡해. 그럼 여기까지 왔는데 그냥 가냐? 어서 올라가봐!"

자정이 훨씬 넘어 있을 것이었다. 나는 주춤주춤 계단을 올라갔다. 선생님이 골목에 숨어서 내 뒷모습을 보고 있을 터였다. 나는 일부러 짧은 치마의 뒤를 가리지 않았다. 인기척이 없었다. 빈방이었다. 태민이 왔다 간 것이 걸렸다. 나는 마음을 바꿨다. 집으로 사내를 들이면 정말 끝이라는 생각이 들었다. 나는 선생님에게 남편이 와 있다고 거짓말을 했다.

선생님은 다시 차를 몰았다. 왕백숙으로 가는 길, 물가에 차를 댔다. 그리고 치맛자락을 홀딱 뒤집었다. 아, 요년. 이거 아주 재밌다, 그지? 맨살에 선생님의 차가운 코가 닿았다. 이상하게 아무 감흥이 느껴지지 않았다. 지금 이 시간이라면 아이는 자고 있을까. 남편은 마음을 다잡았을까. 선생님이 움직일 때마다 차가 함께 움직였다. 차창이 금세 부예졌다. 벗은 아랫도리가 시렸다. 나는 손가락에 낀 금반지를 보며 엉덩이에 힘을 줬다. 선생님의 숨이 금방이라도 넘어갈 것 같았다.

아래를 민 것이 결국 화근이 되었다. 속옷을 벗자 사내가 기겁을 하며 나한테서 떨어졌다. 아래를 밀고 처음 맞는 사내였다. 이게 뭐야! 사장 어딨어? 사내가 왕 사장에게 빽, 운운했다. 나는 그게 큰 잘못인지 몰랐다. 왕 사장이 한심하다는 듯이 나에게 눈을 흘겼다.

"삼 년 동안 재수가 없다잖아! 좆 같네. 장사 이따위로 해서 되겠어? 애들 관리를 어떻게 하는 거야!"

돈을 물어준다 해도, 언니를 넣어준다고 해도 길길이 날뛰는 것이었다. 사내가 좀처럼 수그러들질 않았다.

"아, 씨발, 그럼 어쩌라고! 내가 민 것도 아니고, 몰랐다잖아. 우리가 일부러 당신 물 먹이려고 이랬겠어?"

왕 사장이 발로 상을 쳤다. 그 바람에 상의 끄트머리에 있던 물컵과 밥그릇이 바닥으로 떨어졌다. 놀란 내가 엎드려 주우려는 순간, 왕 사장이 내 등을 발로 차대기 시작했다.

"미친년, 그걸 왜 깎아! 왜 그걸 깎아 이 난리를 쳐! 응? 등신 같은 년아! 생각이 있는 거야, 없는 거야? 네가 책임질 거야?"

나는 두 팔로 머리를 감싸고 엎드렸다. 발길질이 멈추지 않았다. 고함 소리는 점점 더 커졌다. 온몸이 터질 것처럼 아팠다. 머릿속이 새하얘졌다. 왕 사장의 발길질을 묵묵히 받아내다 보니, 사내가 조용해졌다. 흠, 흠. 사내가 헛기침을 하고 물 한 잔을 들이켰다. 왕 사장이 얼른 사내를 달래기 시작했다. 나는, 기어서 별채를 나왔다. 숨쉬기 힘든 통증이 옆구리를 타고 온몸으로 스며들었다. 언니의 부축을 받아 쪽방에 누웠다.

아이 생각이 났다. 나에게 안기지 않아도, 엄마를 잊어버리고 살아도, 아이를 생각하면 눈물을 참을 수 있었다. 아이가 보고 싶었다. 왕 사장이 쪽방 문을 벌컥 열었다.

"뭘 잘했다고 처자빠져 있어! 홀에 아무도 없잖아. 나와!"

두 테이블의 손님이 있었다. 언니도 별채에 들어간 모양이었다. 그 사내에게는 여자 하나를 넣어줬다. 육촌 경찰이 아가씨 하나를 데려다 줬다는 것이다. 이모님이 자꾸 혀를 찼다. 입안이 바짝바짝 말라 자꾸 맹물만 마셨다. 테이블 하나가 비었다. 나도 모르게 끙, 신음을 내뱉으며 빈 쟁반을 들었다. 다른 테이블의 중년 커플은 맥주를 마시면서 고기를 먹었다. 치워야 할 테이블은 세 명의 여자들이 앉았던 자리였다. 의자에 책 하나가 놓여 있었다. 테이블을 치우다 말고 창밖으로 고개를 돌렸다.

여자들이 자판기 커피를 들고 물가로 걸어가는 게 보였다. 별채 건물들 옆으로 물가까지 이어진 산책로가 있었다. 내가 별채에서 나와 물가에 들러 손을 씻고 오는 길이 바로 저 산책로였다. 여자들은 내 또래로 보였다. 셋은 허물없이 팔짱을 끼고 목을 뒤로 젖히며 웃었다. 하나같이 예쁘게 차려입고 가벼운 걸음이었다. 나는 여자들이 놓고 간 책을 내려다보았다. 하얗게 눈 쌓인 언덕에 하늘색 소형차가 세워져 있는 책 표지에는 흘림체 글씨가 반짝였다. '겨울, 친구와 떠나는 맛집 기행'. 사진까지 찍으며 한참을 놀던 여자들이 차에 올라 왕백숙집을 떠났다. 나는 여자들이 놓고 간 책을 슬그머니 앞치마 안에 숨겼다. 행주에서 냄새가 나는지 속이 매스꺼웠다. 말간 콧물이 뚝 떨어졌다. 시동 거는 소리가 들렸다. 그 사내가 차에 올랐다. 차창을 내려 가래를 뱉은 다음 출발했다. 나는 별채를 치우기 위해 행주와 빈 쟁반을 들었다. 젊은 여자가 홀로 들어왔다.

"밥 좀 줘요. 아, 배고파 죽겠네."

목소리가 앳됐다. 힐끔 뒤돌아봤다. 눈이 마주치자 여자가 비죽 웃었다.

"민 게 아줌마야? 미친 거 아냐?"

그러더니 김치를 집어 먹기 시작했다. 얼굴이 뜨거워졌다. 배고파, 빨리 밥 줘요. 밥이 나오기도 전인데 김치 한 접시를 다 먹어치웠다. 나는 다시 김치를 내줬다. 파를 띄운 닭 국물에, 밥, 마른반찬 두어 가지가 차려졌다. 여자는 고개를 숙여 급하게 밥을 먹었다. 쩝쩝거리는 소리가 얼마나 큰지, 맥주를 마시던 중년들이 자꾸 흘끔거렸다. 나는 별채를 치우러 갈 생각도 못 하고 여자를 쳐다봤다. 밀자고 미니? 어느새 언니가 내 옆구리를 찌르며 쿡쿡거렸다.

"남편한테는 뭐라 하려고?"

나는 대답을 찾지 못했다.

별채는 난장판이었다. 얼마나 요란하게 했는지 그릇이 바닥에 굴러다니고, 이불의 반은 화장실 쪽으로 밀려가 있었다. 흡사 싸운 흔적처럼 보였다. 우선 창문을 열었다. 빈 그릇을 추슬러 주방으로 가져다놓고 청소를 시작했다.

"그런 건 함부로 하는 거 아냐, 아줌마."

아까 그 여자가 뒤에 서 있었다. 거기 재떨이 좀 줘요. 그러더니, 털썩 주저앉았다. 신발을 벗지 않은 발은 문밖에 두고, 별채 바닥에 엉덩이만 붙였다.

"피울래요?"

"아니."

가만히 보니 그렇게 어려 보이지도 않았다.

"뭘 자꾸 봐요. 그래도 아줌마보단 어려요."

찰박찰박, 물소리가 들렸다. 바닥을 마저 닦았다. 고불거리는 터럭과 살비듬이 소복이 모였다.

"아줌마, 이 동네에서 유명하더라. 우리 같은 애들 밥줄 끊기지 않게 적당히 해, 응? 그리고 앞으로 거기 밀지 마요. 웬일이야."

나는 여자에게 물었다.

"하루에 얼마나 벌어?"

여자가 깔깔거리며 웃었다. 물가에 여자의 목소리만 살아 움직이는 것 같았다. 나는 계속 물었다. 네가 일하는 데는 다 젊은 애들만 있는 거냐. 누가 너에게 일을 주느냐, 내가 좀 만나보면 안 되겠느냐. 아줌마는 힘드냐. 숨도 쉬지 않고 다그치는 나를 멀뚱하게 보더니, 여자가 픽 웃었다. 방이나 마저 닦으세요. 그러더니 자리에서 일어났다.

"아줌마 되게 웃긴다. 여기니까 아줌마가 팔리는 거지. 그 바닥에 가면 인기 없어."

손에 쥐고 있던 걸레에서 쉰내가 났다.

*

남편이 돌아왔다. 매끈했던 아랫도리가 다시 거뭇해지는 동안 계절이 바뀌었다. 그동안 나는 별채의 손님을 받지 못했다. 나는 매일 밤 남편에게 전화를 걸어 언제 올라올 거냐고 다그쳤다. 여전히 아이가 안 떨어진다는 구차한 핑계였다.

"알았어! 거기서 애나 키워 그럼! 다신 올라올 생각 하지 마!"

우물쭈물하는 남편의 목소리가 화를 돋웠다. 아이를 두고 발이 안 떨어지겠지. 어린 걸 거기에 혼자 둔다고 생각하면 내 가슴에도 얼음덩어리 하나가 박히는 기분이었다. 남편은 더하겠지. 모르는 게 아니었다. 하지만 언제까지 엉덩이를 뭉개고 있을 수도 없었다.

그랬던 남편이 책상 앞에 앉아 있었다. 지난밤에도 아무 말 없던 남편이었다. 남편의 좁은 어깨를 보니, 나도 모르게 한숨이 나왔다. 내가 들어섰는데도 바라보지 않았다.

"왜, 한심해?"

등을 보인 남편이 물었다. 뭐?

"집구석에 있으니까 한심해 보이느냐고."

"왜 그런 말을 해?"

"그건 당신이 잘 알잖아."

붕, 부릉. 창밖으로 오토바이 소리가 들렸다. 나는 목소리를 누그리며 말했다.

"당신이 시험에 붙어야 우리가 아영이를 데리고 오고……."

"아영이 얘기는 꺼내지도 마! 어미라는 사람이 한 번도 보러 오지도 않았으면서. 당신이 아영이 우는 걸 제대로 본 적이나 있기는 해!"

내 배 아파 낳은 자식이었다. 그런데 아이 이야기만 나오면 저 혼자 괴로운 것처럼 유난을 떨었다. 따지면 이렇게 되도록, 이렇게 살게 방치한 건 누군데. 결국 네가 무능해서 애를 떼놓은 거잖아! 그런데 나한테 소리를 쳐? 할 줄 아는 거라고는 고작 책상머리에 앉아 있는 것밖에 모르는 주제에?

손에 잡히는 걸 냅다 집어 던졌다. 남편의 휴대폰이었다. 배터리가 분리되어 날아갔다. 남편이 뒤통수를 부여잡고 고개를 숙였다. 아! 에이, 씨. 남편의 신음 소리가 길게 이어졌다.

"그만 좀 징징거려! 듣기 싫어!"

남편이 벌떡 일어나 옥탑방을 나갔다. 쾅, 방이 다 흔들렸다. 몇 달 만에 보는 남편이었다. 나는 내 안의 화를 어떻게 다스려야 하는지 몰랐다. 저기 덩그러니 놓여 있는 배터리를 주워 휴대폰에 끼웠다. 전원을 넣었다. 아이가 활짝 웃는 사진이 등장하며 전화기가 켜졌다. 왕백숙집이 쉬는 날에야 아이를 보러 갈 수 있다. 보름은 더 있어야 한다. 기다려, 엄마가 열심히 돈 벌게. 돈 벌어서 데리러 갈게. 나는 기계 속의 아이 얼굴을 닦았다. 웅, 문자가 도착했다. 나도 모르게 버튼을 눌렀다.

─아까 올라가는 거 봤어요. 보고 싶었는데. 연락 주세요.

발신자는 국제공판장이었다. 요 앞의 공판장 이름이었다. 화분 속의 식물이 형광등 불빛에 반짝였다. 누렇게 떴던 이파리도 깨끗이 정리돼 말끔했다. 남편이 없을 때 물 한번 주지 않았던 화분이었다. 나는 휴대폰을 뒤지기 시작했다.

내가 놀란 건 공판장 여자와 만나왔다는 것이 아니었다. 때마침 전화가 울렸다. 아이의 얼굴 위로 왕태민이라는 글씨가 떴다. 남편이 왜 그랬는지 알 것 같았다.

"얼굴 좀 보자."

다짜고짜 내가 한 말에 놀랐는지 태민은 아무 말 없이 쌕 쌕 숨을 내쉬었다. 붕, 부릉. 자정이 넘은 시간, 나는 옷을 여미고 계단을 내려갔다. 봄이라는데, 밤공기는 매서웠다. 오토바이에 앉아 있던 태민이 벌떡 일어났다.

"원하는 게 뭐야?"

"아줌마랑 하는 거."

"왜?"

"아버지 거니까."

"싫다면?"

"신고할 거야."

"그럼 네 아버지도 같이 잡혀가."

"그러거나 말거나."

태민이 담배를 꺼내 물었다. 저기 국제공판장 간판만 환하고, 골목은 어두웠다. 나는 발소리를 죽여 공판장에 다가갔다. 까르르, 여자의 웃는 목소리가 들렸다. 조심스럽게 안을 살폈다. 남편이 계산대 앞에서 여자와 이야기를 하고 있었다. 계산대 위에는 담배와 초콜릿이 있었다. 여자와 남편은 친밀해 보였다. 어느새 태민이 내 뒤에 서 있었다. 뭐 해? 쉿, 조용히 해. 남편은 태민과 통화를 했으면서도 내게 사실을 묻지 않았다. 내가 어떻게 돈을 버는지 묻지 않겠다는 뜻이었다. 나는 둘을 조금 더 지켜보다 뒤돌아섰다.

"돈 안 주면 안 해."

오토바이에 올랐다. 태민에게서 담배 냄새가 났다. 부릉. 구불구불한 골목을 내려가 도로에 들어서자마자 속도가 붙기 시작했다. 바람 소리가 몰려들었다. 귀가 떨어질 것처럼 차가운 바람이었다. 금세 발목이 시렸다. 온몸에 한기가 들어 어깨에 힘이 들어갔다. 대체 어디로 가는 걸까. 눈을 떠보니 물가를 질주하고 있었다. 하루 종일 시달린 곳에 또 들어섰다. 열여덟 살짜리가 왜 이러는지 궁금하지도 않았다. 나는 그저 졸리고 피곤했다. 어디든 좋으니 눕고 싶었다.

삼복더위

담배 연기가 방 안에 꽉 들어찼다. 태민은 오래 끄는 것만이 목적인 것처럼 내 위에서 기를 쓰고 내려오질 않았다. 사정을 미루기 위해 안간힘을 쓰는 게 안쓰러웠다. 나는 졸다 깨다를 반복했다. 한 시간쯤 지난 후에야 태민이 쓰러졌다. 눈을 뜨니 방 안이 연기로 흐릿했다. 사정을 하는 순간만 빼고 내내 담배를 물다시피 했으니, 숨쉬기가 곤란할 지경이었다. 헉헉거리는 태민을 밀치고 일어나 창문을 열었다. 알몸에 밤공기가 닿자, 소름이 돋았다. 갑자기 요의가 느껴졌다. 화장실로 들어가 쪼그려 앉았다. 문이 열리고 엎드린 태민이 얼

굴을 쑥 내밀었다. 내 아래를 쳐다보며 낄낄댔다. 오줌이 멈
춰지지 않았다.

새벽의 국도는 차가 한 대도 없었다. 건너편 고속도로는
푸른 먼지 연기로 뒤덮인 것처럼 보였다. 부릉, 태민은 속도
를 높였다. 부릉, 부릉. 귀청이 떨어질 것 같은 바람 소리가 어
느 순간부터 들리지 않았다. 슬쩍 손에 힘을 빼보았다. 중심
이 흔들렸다. 와락 겁이 났다. 나도 모르게 태민의 허리를 더
세게 움켜잡았다. 드문드문 차가 보이더니 이내 사거리였다.
집으로 올라가는 골목길에 무릎이 후들거렸다.

방 안은 바깥보다 조금 더 어둑했다. 남편은 낮게 코를 골
고 있었다. 나는 우두커니 서서 남편을 내려다보았다. 내가
들어오지 않는데도 불을 끄고 잤단 말이지. 방 안을 두리번
거렸다. 구석의 화분이 보였다. 나는 화분 하나를 옴팡 뒤집
었다. 흙을 한 주먹 쥐고 남편의 얼굴에 촤악 뿌렸다. 기겁을
한 남편이 벌떡 일어났다. 남은 화분을 바깥으로 옮겨 골목에
하나씩 내던졌다. 사층 옥상에서 떨어진 화분은 요란한 소리
를 내며 박살이 났다. 동네 개들이 하나둘 짖기 시작했다. 손
을 털고 방으로 들어갔다. 잠이 못 깬 남편은 머리에 흙을 뒤
집어쓴 채 고개를 끄덕였다. 잠이 오냐? 남편이 두 눈을 번쩍
떴다. 나는 문이 부서져라 세게 닫고 화장실로 들어섰다. 움

직일 때마다 팔꿈치가 벽에 부딪혔다. 비누질을 두 번이나 해도 담배 냄새가 가시질 않는 것 같았다. 씻은 물을 모아 담배 냄새가 밴 옷을 주물렀다. 이 새벽에 다 벗은 채로 빨래를 하고 있다니. 이를 꽉 깨물었다.

계절이 바뀌는 걸 제일 먼저 알려주는 건, 공기나 나뭇잎의 색깔, 왕백숙집의 손님 수가 아니었다. 계절에 가장 민감한 건 물이었다. 물가의 냄새와 빛깔은 하루하루 달랐다. 날이 더워지면 물비린내가 짙어지고 색깔도 탁해졌다. 겨울로 갈수록 물은 고요해지고 맑아졌다. 근래 들어 비린내가 나기 시작했다. 여름이 오고 있었다. 물비린내가 겨드랑이와 오금에 들러붙었다. 물은 점점 미지근해졌다. 손을 씻고 뒤돌아서면 백숙집의 지붕이 보였다. 잠시라도 움직이지 않으면 모기들이 후두둑 날아와 목덜미와 종아리를 물어댔다. 제멋대로 자란 풀이 다리에 감겨 생채기를 냈다. 탁, 탁! 맨다리와 팔을 손으로 쳐가며 백숙집으로 걸어가다 보면, 아주 오랜 시간 여기서 일한 것 같은 기분이 들었다. 마치 처음부터 이렇게 살아야 한다고 정해진 것 같은 기분도 들었다. 앞치마에 팁으로 받은 만 원짜리는 모서리가 나달거렸다.

엄마가 지내던 찜질방이 문을 닫았다는 연락을 받은 건 며

칠 전이었다. 다른 찜질방을 구했느냐는 질문에 엄마는 살 곳
은 있다고 대답했다. 그런데 말이다. 엄마가 뜸을 들였다.

─방을 하나 얻으려고.

─살 데 있다며?

어딘가 불순한 느낌이 들었다. 엄마가 우물쭈물하는 사이,
어렴풋이 남자 목소리가 들렸다. 크게 말해, 크게. 이번엔 또
렷이 들렸다. 엄마는 헛기침을 하고 다시 또박또박 말을 이
었다.

─너도 힘든데, 이 엄마가 참 면목도 없다.

내가 아는 엄마는 이렇게 에둘러 말하지 않는다. 돈이 필
요하면 다짜고짜 돈 있냐? 라고 시작할 사람이었다. 따지면
엄마뿐만이 아니었다. 준영도 민영도, 늘 그렇게 말했다. 누
나 돈 있어? 언니 돈 있어? 야, 너 돈 있지? 있으면 좀 줘봐.

왜 만날 나만 돈을 내놨을까. 한번도 생각해본 적이 없었
는데, 엄마의 어색한 말투와 낯선 남자의 목소리 때문에 정신
이 들었다. 지난번 민영에게 보낸 돈도 적은 액수가 아니었
다. 푼돈 같았지만 야금야금 준영에게 들어가는 돈도 수월치
않았다. 따지면 나 하나도 건사하기 힘든 판국 아닌가.

─나 힘들 거 알면, 더 할 말도 없겠네.

─윤영아.

─끊어.

　이번만큼은 대답하지 않기로 했다. 어쩐지 홀가분했다. 엄마가 혼자가 아니니, 한편으로는 안도가 됐다. 엄마는 늘 가슴 한편을 묵직하게 누르던 짐이었다. 독한 성격이니 아무 데서나 쓰러져 죽진 않을 것이었다. 그런데 남자를 만날 줄은 몰랐다. 능력 없는 가장이라고 병든 남편을 발로 찼던 엄마였다. 그런 엄마가 남자와 살림을 낸다니.

　동네에서 가장 오래된 철물점 주인이었던 아버지는 늘 텔레비전을 끼고 살았다. 연탄집게 다발이나, 부삽 자루, 철사 뭉치 위에는 늘 뽀얀 먼지가 앉아 있었다. 철물점 앞으로 동네 여자들이 자주 모여들었다. 오르막길의 시작점이자 세 방향으로 골목이 나뉘는 곳이어서 전을 펴고 앉을 만했다. 동네의 집들이란 모두 거기서 거기였고, 덩치가 커다란 플라스틱이나 스티로폼, 스웨터, 인형 등을 펼쳐놓을 만한 마당이나 안방, 마루가 있는 집이 드물었다. 철물점 앞은 돗자리를 펴고 부업거리를 나누기에 적당했다. 아버지는 여자들이 모이면 조용히 문을 닫고 들어갔다. 여자들이 사라져야 슬며시 문을 열었다. 아버지가 철물점에서 하는 일은 텔레비전을 보는 것과 문을 여닫는 게 전부였다.

　엄마는 철물점 앞에 여자들이 모이는 걸 싫어했다. 자기 골목도 아니면서 소리를 질러댔다. 여편네들이 왜 자꾸 여기 꼬여! 장사 망하는 걸 보고 싶어서 그래! 골목에 울리는 엄마 목소리가 들리면 아버지는 나무 의자에 앉아 꼼짝도 하지 않았다. 웅숭그린 어깨, 삐죽하게 솟은 뒷목 뼈가 아버지의 전부처럼 도드라져 보였다. 엄마는 지긋지긋해, 라고 혼잣말을 하고서야 집으로 올라가거나, 일을 하러 내려갔다. 엄마가 사라져도 아버지는 좀처럼 그 어깨를 펴지 못했다.

그런 아버지도 골목의 남자들처럼 술을 마셨고, 취하면 정신을 잃었다. 떡이 되도록 취한 남자가 할 수 있는 일이란 뻔했다. 식솔에게 고함을 치고, 발길에 닿는 것들을 때려 부수고, 그걸 줍는 엄마에게 손찌검을 했다. 아버지가 엄마를 이길 수 있는 유일한 순간이었다. 나머지 네 식구가 덤벼도 술에 취한 남자의 완력은 이겨낼 수가 없었다.

길들여졌기 때문이었다. 으레 맞아왔기 때문이었다. 이겨낼 수 없다는 오래된 좌절이 사태를 극복하려는 의지를 없앴다. 아버지는 자식들을 괴롭히지 않았다. 대상은 오로지 엄마였다. 뺨을 올려치는 소리, 발을 구르는 소리, 중심을 잃고 우당탕 쓰러지는 소리. 그럼 엄마가 우리 방으로 넘어왔다. 아버지가 방문을 흔들었고, 남은 식구들은 방문에 등을 대고 서서 아버지가 빨리 고꾸라져 잠들기만 기다렸다.

아버지가 술이 깨면 엄마는 지난밤의 수모를 갚았다. 그때만큼은 아버지에게 소리를 질러대거나 악다구니를 쏟아내지 않았다. 그저, 막 잠에서 깬 아버지를 똑바로 노려보며 밥상을 발로 찼다. 전화기나 라디오를 냅다 집어 던져 아버지의 얼굴이나 어깨에 상처를 입혔다. 쟁반이거나 유리컵, 신발짝이나 밥풀 묻은 공기이기도 했다. 때때로 재떨이를 텔레비전으로 던졌다. 담배와 텔레비전은 아버지가 제일 좋아하는 것이었다. 아버지는 엄마가 집에서 나가기만을 기다리며 고개를 숙일 뿐이었다. 말소리 없이 벌어지는 엄마의 앙갚음과 아버지의 대응은 일상적인 풍경이었다.

아버지는 집에 들어서면 제일 먼저 텔레비전부터 켰다. 잘 때도 끄지 않았다. 코 고는 소리가 들려 전원을 끄면 아버지는 두 눈을 번쩍 떴다. 그냥 둬. 그리고 다시 끔뻑거리며 텔레비전을 봤다. 정규 방송이 끝나면 화면보호 화면이라도 켜놔야 했던 아버지였다. 번쩍이는 불빛이나 웅웅거리는 소리는 우리 방에서도 느껴졌다. 엄마는 등을 돌려 벽에 바짝 붙었다. 내 팔자! 엄마의 낮은 읊조림이 벽을 타고 집 안에 울렸다. 엄마가 부숴놓은 텔레비전은 그날 저녁이면 어떻게든 멀쩡하게 나왔다.

엄마의 남자는 어떤 사람일지 궁금했다. 아버지와 달리 텔레비전은 싫어하고, 돈은 좀 있어야 할 텐데. 진심으로 그런 남자와 살기를 바랐다.

*

무릎을 꿇고 닭 뼈를 바르면 이마에 땀이 맺혔다. 뜨거운 국물을 들고 주방과 홀, 별채까지 들락거리니 얼굴도 금세 달아올랐다. 에어컨 바람이 무색했다. 건물 밖의 물가도 후끈후끈했다. 왕백숙집의 여자들은 모두 나처럼 얼굴이 붉었다. 새로 들인 여자 둘도 마찬가지였다. 개중 가장 빨간 얼굴은 조선족 여자, 용선이었다. 반질거리는 피부가 광대뼈를 도드라지게 했다. 촌스러운 볼 화장을 한 것처럼 보였다. 그래서 그런지 손님들은 자꾸 용선을 보고 웃었다.

그런가 하면 언니의 친척뻘이라는 여자는 몸이 굼떠서 왕 사장이 계속 잔소리를 했다.

"왜 꼭 저 같은 걸 데리고 와!"

언니마저 왕 사장에게 고운 소리를 못 들었다.

"내가 동네북이야?"

언니는 일부러 소리를 내서 쟁반을 내려놓았다. 자기 때문이라는 걸 아는지 모르는지, 여자는 그사이 뭘 또 우물거리고 있었다.

"그만 좀 주워 먹어!"

언니가 눈을 흘겨도 여자는 먹던 걸 마저 먹었다. 맨밥이었다. 손님들이 남긴 밥을 모아놓는 통 앞이었다. 모인 밥을 찬물에 헹구고 팬에 구워 누룽지를 만들기도 했다. 언니나 나는 누룽지로 만들어진 건 먹어도, 저렇게 모아놓은 맨밥을 먹어본 적은 없었다.

"아니, 참도 안 주고 일하는 데가 어딨대."

"그렇다고 그걸 먹니?"

"배고픈데 가릴 게 뭐 있어! 사장한테 배고파서 일 못 하겠다고 말 좀 해봐."

"정말 왜 이래, 창피하게!"

여자의 불룩한 볼이 실룩거렸다. 나는 못 본 척 고개를 돌렸다. 이미 꽉 찬 주차장으로 차들이 고개를 들이밀고, 손님들도 줄지어 우르르 들어왔다. 어서 오세요! 나와 용선이 동시에 홀로 튀어 나가며 인사를 했다. 툭, 어깨가 부딪혔다. 미안합니다, 용선이 먼저 앞으로 나갔다. 앞치마를 꽉 묶은 용선의 뒤태가 단정해 보였다. 한국에서 일한 지 오래되었다는 용선은 말수가 적고 발걸음이 쟀다. 이모님이 나가는 이십사 시간 해장국집에서 같이 일하는 여자라고 했다. 갑자기 여러 테이블의 손님들이 일어섰다. 손님들은 우박처럼 몰려왔다 몰려 나가기 일쑤였다. 언니는 여자의 등을 떠밀어 홀로 보냈다. 눈코 뜰 새 없이 바빠 정신이 쏙 빠질수록 더 빨리 배가 고파졌다. 손님이 어느 정도 빠져야 참도 먹고, 저녁도 먹을 수 있었다. 여름에는 그 흐름이 잘 만들어지지 않았다. 밥도 못 먹고 일하면 따로 밥값 챙겨주나? 여자가 구시렁대며 내 옆을 지나갔다. 여자의 쟁반에서 김칫국물이 주루룩 흘렀다. 언니가 욕을 먹을 만했다. 어느새 용선이 바닥의 김칫국물을 말끔히 닦아냈다. 생긴 것처럼 손끝도 야무졌다.

"갯날인가 보다. 이 삼복더위에도 하겠다는 손님 있고. 정리하고 나와."

어느새 왕 사장이 내 뒤에 서 있었다. 솥 앞에 있었는지 왕 사장의 몸에서는 불 냄새가 났다. 주방에서는 이모님이 상을 차리고 있었다. 차례대로, 왕 사장이 먼저 먹고 나서, 이모님과 언니가, 언니 다음엔 내가, 여자와 용선의 순이었다. 그런데 아무래도 밥을 먹기는 그른 모양이었다.

"하기 싫어? 그럼 다른 여자 넣어?"

"왜 이러세요."

왕 사장이 용선을 바라보는 눈빛이 예사롭지 않았다. 용선은 씩씩하게 테이블을 치우고, 밥통 앞으로 달려가 왕 사장의 밥을 펐다.

문을 열고 나가자, 뜨거운 열기가 쏟아졌다. 뒷목을 휘어잡는 물가의 습기, 마른 땅의 흙냄새, 오후로 넘어가는 지루한 햇빛, 흐릿한 쓰레기 냄새도 달려들었다. 뒤돌아보니, 홀 안의 실내가 평화로워 보였다. 시원한 에어컨 바람을 쐬며 뜨듯한 국물을 먹는 사람들은 풍요로워 보였다. 바쁠 것도 없이, 느긋하게 수저질을 하는 사람들의 오후가 부러웠다.

별채의 손님방으로 들어가려는데, 옆 방문이 열렸다. 민소매 원피스를 입은 여자 둘이 모시 한복을 입은 노파의 팔짱을 끼고 나왔다. 똑 닮은 게 한눈에 봐도 모녀지간이었다. 별채 문을 열자마자 사내가 냅다 소리를 질렀다. 뭣 하다 이제 와! 손님이 우스워? 여자 셋이 동시에 나를 쳐다봤다. 나는 서둘러 문을 닫았다. 부릉, 오토바이 소리가 들렸다.

태민은 손님이 있든 없든 아랑곳하지 않고 왕 사장에게 손을 내밀었다. 지랄 같은 왕 사장도 꼼짝없이 돈을 건넸다. 때로는 신용카드를 주기도 했다. 그때마다 이모님이 혀를 찼다.

"저게, 결국 애를 잡는 거라니까."

별채에 들어갈 때 들렸던 오토바이 소리였는데, 아직까지도 주차장에 있는 모양이었다.

"돈은 있는데 자식은 하나. 다 해주며 키우는 게 뭐 어때서요. 나는 그냥 부럽네."

언니는 정말 부러운 것 같았다. 주차장은 북새통인데 왕 사장은 태민 앞에서 안절부절못했다.

"그렇다고 제 새끼한테 오토바이를 사주는 아비가 제정신이냐? 그게 살라는 거야? 죽으라는 거지."

"없이 키우는 것보다는 나아요."

"아무리 어미 없어서 오냐오냐 키운다 해도, 저건 아니지."

"죽은 거예요?"

"죽였지."

"왕 사장이요?"

"떠민 건 아니니까 왕 사장이 죽인 건 아니지만……."

왕 사장이 막 홀로 들어섰다. 이모님이 입을 다물었다. 왕 사장에게서 땀내가 진동했다.

"뭣들 하고 서 있어! 금방 저녁 손님들 들이닥치는 거 몰라! 자기 일 아니라고 그렇게 뺀질거릴 거야?"

아무도 노는 사람이 없었다. 이모님과 용선은 다음 날 쓸 야채를 다듬고, 언니와 여자는 홀을 치우고 있었다.

나는 별채에서 막 나온 참이었다. 손님과 좋지 못했다. 점심을 못 먹었다고 국물 좀 먹겠다고 한 게 문제였다. 돈을 다시 달라는 것이었다. 배고파서 다리도 못 벌리겠다고 한 말 때문이었다. 나보다 대여섯 살은 어릴 것 같은 남자였다.

"사람이 예의가 있어야지, 예의가. 들어오자마자 뭘 먹겠다고 하면, 기다린 사람이 뭐가 돼?"

"예의라……. 네. 안녕하세요."

"지금 장난쳐?"

남자가 발로 상다리를 밀었다. 그릇들이 흔들리고, 고기 국물이 넘쳤다. 나는 수저를 내던지고 벌렁 누워 치마를 걷었다. 땀이 차 있던 터라 시큼한 아랫도리 냄새가 났다. 남자가 인상을 찌푸렸다.

"좋아하는 예의 갖춰 하세요, 그럼."

하! 남자가 기가 막힌다는 듯이 쳐다보더니 벌떡 일어났다.

"여기 아니면 내가 못 할 거 같아?"

"네."

"내가 누군지는 알아? 알고 그러는 거야?"

"하나도 궁금하지 않으니까, 돈 십만 원쯤 쓰는 걸로 유세 떨지 말라고요."

분명 그러려고 했던 게 아니었다. 아니었는데 이렇게 돼버렸다. 살면서 내 뜻대로 되는 일이란 하나도 없었다. 유일하게 이뤄진 것은 남편과 살게 된 일이었다. 아무리 생각해도 그뿐이었다. 고작 쓸모없는 남자와 사는 게 내가 바란 것이었다니. 눈을 부릅뜬 남자의 말끔한 구레나룻을 보니 남편의 수북한 머리칼이 떠올랐다. 게을러 이발도 제때 못 하는 남편이었다. 늘 추리닝에 면 티셔츠만 입었고, 자기가 피울 담뱃값조차 벌 줄 모르는 사람이었다. 나는 그런 남편과 사는 여자였다. 그게 내 현실이었다. 나는 남자에게 고개를 숙이고 사과를 했다.

"죄송해요. 기분 상하셨다면 용서하세요. 씻고 나올게요."

화장실로 들어가는데 남자가 그만두라고 했다. 김 샜다며 뒤로 물러나 앉았다. 나는 무릎을 꿇었다.

"제가 잘못했어요. 기분 푸시고……."

남자가 담배를 집었다.

"풀긴 뭘 풀어. 나가!"

"그럴 게 아니라……."

나는 무릎으로 기어 남자 앞으로 갔다. 손을 뻗어 남자의 성기를 움켜잡았다. 남자는 나를 몇 번 밀쳐냈지만 청바지 아래는 금세 부풀어 올랐다. 지퍼를 내리는 걸 만류하더니, 꽉 끼는 청바지가 불편한지 결국 허리띠를 풀었다. 나는 남자의 성기를 입에 넣었다. 남자가 급할 거 없다며 엉덩이를 뒤로 뺐다. 나는 남자의 엉덩이를 두 손으로 꽉 잡았다. 집요하게 남자의 성기를 빨았다. 배가 고프다 못해 쓰라렸다. 남자는 결국 내 입에다 사정을 했다. 빈속에 비위가 상해 구역질이 났다. 무릎까지만 내린 청바지를 꿰입으며 남자가 국물 그릇을 내밀었다. 됐어요. 남자가 비실 웃더니 지나가는 말처럼 흘렸다.

"태민이가 말한 대로네."

나는 물로 입을 헹구다 말고 고개를 돌렸다.

"누구세요?"

"아는 형인데."

그러더니 자꾸 웃는 것이었다. 문을 못 열게 막고 선 뒤에야 남자가 태민의 과외 선생이라는 것을 알았다. 태민에게 들었던 적이 있었다. 명문대 대학원생이라고 했다. 임용고시를 준비 중이라는 말도 얼핏 들은 기억이 났다.

왕 사장이 괜히 성질을 부리며 주방을 지나 창고로 넘어갔다. 저녁 장사를 위해 솥 앞에 있어야 할 시간이었다. 주차장에는 태민과 별채의 남자가 서서 같이 담배를 피우고 있었다. 왕 사장이 사라지자 언니가 이모님을 채근했다.

"왕 사장이 떠민 게 아니면요? 그럼 누가 밀었는데요?"

"누가 뭘 밀어. 일이나 해!"

이모님은 빈 김치통을 들고 나갔다. 묵은지를 가지러 가는 것이었다. 언니는 나한테 뭐 아는 거 있냐고 물었지만, 나도 고개를 저었다.

*

"너 볼 때마다 우리 사모님 생각이 나서 아주 마음이 안 좋다."

별채에 들어가기 전, 젖을 빨아들여 누렇게 변한 수유 패드를 갈아 끼우던 중이었다. 젖을 끊기 전이어서 불은 젖이 시도 때도 없이 흐르던 때였다. 나를 물끄러미 바라보던 이모님이 그런 말을 하는데, 섬뜩했다. 나를 보며 죽은 여자를 떠올린다는 건 유쾌하지 않았다. 이모님은 죽은 여자를 꼬박꼬박 사모님이라고 불렀다.

태민의 엄마는 물에 빠져 죽었다. 자살한 거야? 라고 물었을 때 태민은 아니라고 대답했다. 그럼? 태민이 내 두 가슴을 양손으로 주무르며 입을 열었다.

"씨발, 아빠가 죽였지."

"아파! 살살 만져."

"다리나 더 벌려. 아, 오늘 왜 이래!"

이모님에게 들은 바로는 죽기 전날까지 왕백숙집에서 일

했다고 했다. 언제 돌아가셨는데?

"오학년 때."

학교에서 돌아오니 아무도 없고, 책상 위에는 엄마가 남긴 편지가 있었다. 하얀 봉투를 보는 순간, 태민은 모든 것을 알아차렸다는 것이다. 놀라지도 않았어. 엄마가 만날 말해왔거든. 태민이 나한테서 떨어졌다.

"열두 살이면 어린애잖아. 편지에는 뭐라 쓰여 있었는데?"

모든 건 다 아빠 때문이라고. 또? 공부 열심히 하라고. 또? 시간 남으면 아빠한테 복수하라고. 진짜? 아니. 태민이 담배 연기를 길게 내뱉었다.

"복수는 엄마가 하겠다고 했거든. 복수할 거면 아빠를 죽여야지, 왜 자기가 죽어."

다 큰 남자애가 발음하는 엄마라는 말이 어쩐지 서글프게 들렸다. 죽은 엄마여서 그럴 터였다. 엄마라는 말이 원래 그런 것인지도 모르겠다. 나도 엄마를 떠올렸다. 동시에 아이 얼굴이 떠올랐다. 그래 봤자 답이 나오지 않는 내 상황만 명확했지만. 급체를 한 것처럼 숨쉬기가 힘들었다.

"그만 피워. 머리 나빠진다."

"엄마처럼 굴지 마."

"엄마면 이렇게 말하지도 않아. 머리 한 대 쥐어박고 당장 뺏지.”

“왜 자꾸 엄마 얘기 해!”

“네가 불쌍해 보여서.”

“졸라 어이없어. 아줌마가 더 불쌍하거든요? 나는 돈이라도 있지. 아줌마는 뭐냐. 그럼 나도 아줌마 남편 이야기 할까? 오늘도 공판장 아줌마랑 시시덕거리던데?”

나는 차라리 웃었다.

왕 사장은 왕백숙집 전에 시내에서 추어탕을 팔았다고 했다. 이모님은 추어탕집에서 왕 사장 내외와 인연이 되었다. 왕 사장 내외는 몸뚱이가 부서지게 일을 했다. 추어탕은 제법 맛이 좋아 돈을 벌기 시작했다. 세 들어 있던 건물을 아예 사 버렸다. 그리고 더 큰 꿈을 키웠다. 내외의 꿈은 풍경 좋은 곳에 큰 식당을 지어 더 많은 돈을 버는 것이었다.

“그 얘기를 할 때마다 사모님은 수줍게 웃곤 했는데…….
한 식구나 마찬가지니까 나도 꼭 같이 가야 한다고 말했거든. 나 없으면 누가 맛 잡아주냐면서. 사모님은 부리는 사람들한테도 하대를 안 했어. 같은 상에서 같은 찬으로 밥 먹었고. 명절엔 떡값이랑 양말짝 한번 빼놓지 않았지. 우리 애들이며 애 아빠 생일까지도 꼬박꼬박 챙겨줄 정도로 착한 사람이었는데."

이모님이 잠시 창밖을 쳐다봤다.

"그래서 사람 사는 일은 모른다는 거야."

"왜요?"

"애가 안 들어섰거든. 유산도 몇 번 했고. 일을 너무 많이 해서 그런 거 같다고 집에 모셔놓기도 했는데, 안 됐어. 자식 없이 살라는 팔자 같다고, 나 붙잡고 많이도 울었다. 그러다가 내외가 마음 비우고, 여기 땅을 샀어. 추어탕집 건물, 살던 집 다 처분하고 있는 돈 다 모아서. 요기 앞에 천막집 지어놓고 건물 올리는데, 덜컥 애가 들어선 거야. 왕 사장은 좋은 징조라고 했는데, 사모님은 하얗게 질렸지. 여기서 어떻게 아이를 키우느냐고 말이야."

이모님은 배추를 다듬던 손을 멈추고, 손목 관절을 주물렀다. 두툼한 손마디가 뻣뻣해서 잘 안 움직였다.

"지금은 여기가 유명하지만, 그때는, 사실 아무것도 없었어. 물밖에는."

사모님은 뭐에 홀린 것 같다고 말했어. 기다리던 애가 생겼는데도 하나도 안 좋다고. 정신을 차려보니 허허벌판에 서 있는 꼴이라고 말이지. 사모님은 다시 시내로 나가자고, 다시 작은 가게부터 차근차근 시작하자고 왕 사장을 졸라댔지만,

이미 눈이 벌게진 왕 사장이 여기를 접을 수 있어야 말이지. 모든 걸 다 걸었으니 어떻게든 살아남아야 했겠지. 이모님은 생생하게 기억해냈다.

사모님 요구가 번번이 좌절되는 사이, 공사는 끝나 건물은 번듯하게 올라섰다. 그런데 손님이 없었다. 어쩌지 못해 발만 구르는 왕 사장은 태민이 태어나도 반갑지 않았다. 젖몸살을 앓는 사모님만 매일 이모님을 붙잡고 눈물 바람이었다. 산모가 얼마나 울었는지, 눈구멍이 막힐 정도로 퉁퉁 부어 있었다니까. 내가 너한테 이런 걸 왜 말하나 모르겠다. 그러면서도 주섬주섬 이야기가 이어졌다. 내가 아이를 시골에 두고 왔다고 말한 날이었다. 어쩐지 홀가분하다고 했을 것이다. 그 말 끝에 시작된 이야기였다.

"애는 낳았는데, 장사가 돼야 말이지. 물가에 드나드는 사람은 낚시꾼들이 전부였고, 일은 없고 사모님 말 상대나 하고 있으니 민망해서 나도 일을 그만두려던 참이었거든."

흔한 일이 아니었는데, 남자 손님이 혼자 왔다. 이모님은 신이 나서 물을 끓이기 시작했다. 얼마 만의 손님인지 몰랐다. 메뉴판을 보던 손님이, 사모님을 쳐다보았다. 손님은 방이 있느냐 물었다. 왕 사장이 미적거리며 룸을 가리키자, 손님이 백숙 중짜를 시켰다. 소주 한 병에, 잔은 두 개를 달라고 했다. 이모님은 왜 잔이 두 개냐고 사모님에게 물었다. 왕 사장이 훌쩍 홀을 나갔다. 마침 비도 오고 있었다. 사모님이 손님의 낚시 가방을 한참 내려다보더니, 조용히 룸으로 들어갔다.

"그게 시작이 될 것이라고 누가 알기나 했겠어."

창문에 부연 습기가 차올랐을 즈음 태민이 울면서 깨어났다. 울음소리를 듣고 왕 사장이 들어왔지만 태민이 울음을 그치지 않았다.

"왕 사장이 미음을 좀 달라고 하더라. 배가 고픈데 그게 넘어가나……. 애 숨이 꼴딱꼴딱 넘어갈 지경이 돼서야 사모님이 나왔지. 앞자락이 푹 젖어 있었어. 너 처음 온 날, 젖 샌 거 보는데, 우리 사모님 생각이 나서……."

어린 태민과 놀고 있는 왕 사장을 뒤에 두고 방으로 들어가는 여자를 그려보았다. 방에서 나와서는 천연덕스럽게 엄마에게 오라며 태민에게 팔을 벌렸겠지. 나도 모르게 손이 가슴께로 올라갔다. 젖이 도는 것처럼 가슴이 지르르했다.

"근데, 그게 화근이 된 거라. 입소문을 타고 본격적으로 장사가 되기 시작했거든. 백숙을 먹으러 오는 게 아니라 여자를 찾아오는 거지. 조용하지, 싼 데다가 뒤끝 없지. 알음알음 소문이 난 거야. 낚시꾼들에게 유명해지더니만……."

사모님 하나로는 안 돼 텃밭 밀고서 별채를 지었다. 본격적으로 여자 장사를 시작한 것이다. 여자들을 들여놓고, 돈을 벌었다. 빚진 거 다 갚고, 시내에 건물 두 채를 샀다. 하지만 여자 장사는 내외가 할 짓이 아니었다. 처음에는 먹고살려고 몸을 파는 사모님이나, 그걸 말릴 수 없는 왕 사장이나, 처참했다. 그런데 왕 사장이 변했다. 다시 돈을 쥔 뒤로는 일하는 여자애들이랑 어울려서 사모님을 거들떠도 안 봤다.

"그래도 자기 자식 낳은 여자를, 제 마누라를 창녀 취급 했다니까. 먹고사는 것 때문에 어쩔 수 없다고, 저도 못 본 척했으면, 끝까지 의리를 지켰어야지. 아주 나쁜 새끼야. 내가 사모님 부탁만 아니었으면 지금까지 여기에 나올 이유가 없는데. 알겠니? 그러니까 먼저 간 사람만 불쌍한 거야."

멀리 물가를 바라보았다. 물속으로 스스로 걸어 들어가는 사람의 밭은 숨은 얼마나 무거웠을까. 세상을 건너기 전에 한 번쯤은 뒤돌아 왕백숙집을 쳐다봤을까. 자식 생각은 나지 않았을까. 자식이 두려웠겠지. 내 생각을 읽은 것처럼 이모님이 혼잣말을 했다.

아이 생각을 하면 어디선가 녹슨 철 냄새가 나는 것 같았다. 나를 따르지 않는 아이를 보고 있으면, 분했다. 어린것에게 어미로 인정받지 못하는 서러움이었을 것이다. 그런데 막

상 떨어져 지내니 그런 생각은 들지 않았다. 그저 안타까웠다. 그런데도 가볼 생각을 못 했다. 나도 아이가 두려웠다. 아이가 나의 현실을 비춰주는 거울이기 때문이었다.

*

남편에게는 이모님을 따라 심야 식당 일을 한다고 거짓말을 했다. 그래야 태민과 어울릴 수 있었고, 선생님을 만나거나 이차를 뛸 수도 있었다. 종종 왕 사장이 남아 있으라고 하는 날도 있었다. 새벽이 되어서야 간신히 집으로 돌아오면 남편은 세상모르고 자고 있었다. 나는 발로 머리를 툭툭 찼다. 잠이 덜 깬 남편에게 괜히 시비를 걸었다.

화장실 청소를 안 했다고, 집에 먹을 게 하나도 없다고, 입고 있는 옷이 그게 뭐냐고, 지금 잠이 오느냐고, 세상 이따위로 살 거냐고 트집을 잡았다. 남편은 선생님 앞에서 혼나는 아이처럼 고개를 숙였다. 잘못했다고 했다. 앞으로는 안 그러겠다고 했다. 만날 똑같은 소리! 던질 걸 찾아 두리번거리면 남편은 후다닥 문밖으로 도망쳤다. 방금 전까지 소리를 지르던 나는 입을 굳게 다물었다. 갑자기 조용해진 방이 낯설게 느껴졌다. 대체 엄마는 어떻게 입을 다물고 살 수 있었던 걸까. 나는 좀처럼 이해되지 않았다. 차라리 남편과 싸우고 싶었다. 사니 마니, 으르렁거리다 보면 해결 방법이 생길 것 같았다. 하지만 남편은 변하지 않았다. 변할 생각도 없는 인간이었다.

새벽에 들어오는 날이면 나는 남편의 책을 꺼내 한 뭉텅이씩 찢어버렸다. 그리고 그날 번 지폐를 책상 위에 던졌다. 다시 나갈 차비를 하는 동안 남편이 일어나 아침상을 차렸다. 나는 이제 밥이나 빨래, 청소를 하지 않았다. 책상 위의 돈을 챙기며 남편이 조금만 더 달라고 했다. 요즘 채소값이……. 아껴 써! 나는 한마디만 던지고 일을 하러 나갔다. 남편은 문 앞에서 나를 배웅했다. 책을 모조리 찢으면 어떻게든 결론이 나겠지. 끝이 나겠지. 남편에게 걸었던 희망이 사라진 것보다, 그런 남편을 믿었던 내가 더 측은했다. 부질없는 희망은 빨리 버려야 했다.

초복 장사를 마치고 돌아온 날이었다. 몸이 천근만근이어서 손끝 하나 움직이기 싫었다. 아침부터 들어서는 손님들로 하루 종일 정신이 하나도 없었다. 발톱이 빠질 것 같고, 머리털이 다 뽑힌 것처럼 머리가 뜨거웠다. 뼈마디 하나하나가 다 쑤셨다. 왕 사장의 차에서 내려 어떻게 집까지 걸어왔는지 기억이 나질 않았다. 하루 종일 햇빛을 받은 옥탑방은 바깥보다 더 후끈했다. 남편이 보이지 않았다. 옥상에 서서 골목을 내려다보았다. 공판장 앞에 남자들이 여럿 모여 있었다. 그 무리 속에 남편이 보였다. 공판장 여자가 남편 옆에서 술을 따르고 있었다. 와하하, 웃음소리가 터졌다. 여자는 입을 가리며 웃고, 사람들은 박수를 쳤다. 나는 비칠거리는 걸음으로 계단을 내려갔다.

남자들이 모두 나를 쳐다봤다. 여자와 이야기를 나누던 남편만 내 인기척을 몰랐다. 여자가 먼저 나를 알아봤다.

"당신, 여기서 뭐 하는 짓거리야!"

남편의 눈가가 붉었다. 아, 왔어? 남편이 벌떡 일어나 나를 소개했다. 남자들이 우르르 인사를 건넸다. 그들의 입가와 손에는 기름이 번들거렸다. 평상에는 수북한 닭 뼈와 무, 살점이 별로 없는 닭튀김 몇 점이 남아 있었다. 아무도 앉으라고 하지 않았다. 나 혼자 털썩 의자에 앉았다. 받으시죠. 남자 하나가 종이컵을 내밀었다. 남편이 주절거렸다.

"다들 이 동네 사는 분들이셔. 이분은 우리 아래층 사는 학생이고. 저분은 요기 아래 아래에 사는 분이고. 다들 오래전부터 안면이 있었거든. 그러니까, 오늘이 복날이라고도 하고, 해서……."

"누가 궁금하대?"

사람들이 조용해졌다. 여자가 웃으면서 소주를 따랐다.

"말씀 많이 들었어요."

"그럼 내 성질도 알겠네."

"안 그래도 일어나려던 참이었는데. 여보, 가자."

남편이 팔을 잡아 일으켰다. 나는 뿌리쳤다.

"술 주잖아. 마시라고. 마셔야겠네."

여자가 빙긋이 웃었다.

"왜 웃어! 아가리 찢기 전에 입 다물어."

남자들이 나와 여자를 번갈아 쳐다봤다. 남편의 한숨 소리가 들렸다.

"뭐 안 좋은 일이라도 있으셨어요?"

여자의 표정이 흐트러지지 않았다. 기분 나빴다.

"마누라는 하루 종일 뼈가 으스러지게 일하고 왔는데 남편이라는 작자가 팔자 좋게 술이나 처먹고 있으니, 기분이 좋을 리가 없잖아?"

남편이 먼저 집으로 올라갔다. 쪽팔리기는 하니? 내가 남편의 등 뒤로 소리를 지르자 여자가 픽 웃었다. 이게, 그냥! 술잔을 냅다 집어 던졌다. 여자를 향해 던졌는데, 여자를 스쳐 바닥에 쏟아졌다.

"오늘은 오토바이 탄 청년은 안 오나 봐요? 동생인가, 애인인가? 아, 능력 있는 분이니 원조교제신가? 부럽네."

여자의 이마가 땀으로 번들거렸다.

"그런 넌 능력 없어서 유부남이랑 놀아났고? 미친년."

"누가 할 소리. 남편 단속을 하시든지, 몸단속을 하시든지."

"걸레 같은 년. 온 동네 남자를 훑어야 그 짓거리 끝낼 거지?"

"안 그래도 얼마씩 받는지 물어보려고 했지. 그건 네가 전문이잖아. 난 아직 돈은 안 받아봐서 모르거든."

숨죽인 남자들이 나를 위아래로 훑었다. 왜 그렇게 쳐다봐. 너희들은 뭐 잘났어? 너희들도 빈둥거리면서 엄마나 여편네한테 기생하는 것들이지? 허우대는 멀쩡한 것들이 일할 생각은 안 하고 살지? 어떻게 되겠지, 하고 살면 되냐? 밥은 왜 처먹니, 버러지 같은 것들아. 야, 너! 지금 술이 목구멍으로 들어가!

병 깨지는 소리가 들렸다. 정신을 차렸을 때 나는 옥탑방에 누워 있었다. 공판장 여자가 앞에 앉아 있었다. 여기가 어디라고 네가……. 그런데 입술이 움직여지지 않았다. 몸도 내 마음대로 움직여지지 않았다. 남편이 훌쩍거렸다. 멀리 사이렌 소리가 들렸다. 피가 좀 나. 여자가 내 아래를 가리켰다. 병을 깬 남자가 달려드는 걸 여자가 막아섰다. 나는 왜 막느냐며 대거리를 더 했고, 그러다가 어느 남자가 던진 돌을 피하려다 넘어졌는데……. 기억은 거기까지였다.

아이는 괜찮다고 했다. 내 표정을 본 의사가, 모르셨어요? 라고 물었다. 칠 주쯤 되었다고 하던데, 아무튼. 의사가 하던 말을 마저 했다.

"엑스레이 결과로는 다른 문제는 없습니다. 절대 안정을 취해야겠고. 며칠 더 입원하셔서, 상태를 좀 지켜봅시다."

"하루 입원비가 얼만데요?"

"그건 원무과에 알아보시고. 그럼."

남편이 내 어깨를 지그시 눌렀다. 나는 단호하게 뿌리쳤다.

"퇴원해."

의사가 힐끔 쳐다보더니, 옆 침상으로 넘어갔다.

"입원해서 지켜보나, 집에서 지켜보나 다를 게 뭐 있어. 퇴원하자고."

"당신 홑몸도 아니라잖아. 의사 선생님이……."

"안정하라는 말은 나도 할 줄 알아. 간호사나 불러."

"왜?"

"이 주사 좀 빼게."

"이건 맞자. 미리 계산한 거야."

"돈부터 내래?"

"응. 그러니까, 조금만 진정해. 아이…… 생각도 해야지."

남편이 멋쩍게 웃었다. 가슴이 화르르 타오르는 것 같았다. 대체, 이 마당에 아이라니. 갑자기 모든 냄새가 비위에 거슬렸다. 육인실은 다시 시끄러워졌다. 남편은 사람 좋은 표정으로 옆 침상의 보호자와 이야기를 나눴다. 심하게 넘어졌는데도 멀쩡해서 얼마나 다행이냐는 이야기들을 들으며 나는 눈을 감았다. 영양제는 반이나 남아 있었다. 남편 말마따나 돈 냈으니 저건 다 맞고 나가야 했다.

"나한테 돌 던진 놈들 다 찾아내서 병원비 받아내."

입을 벌리자 더 울렁거렸다. 병실 냄새, 시트 냄새, 남편 냄새, 나한테 맡아지는 냄새도 역겨웠다. 자꾸 토하고 싶었다. 나는 입을 꾹 틀어막았다.

남편이 말렸지만 나는 다음 날부터 다시 출근했다. 남편에게 보이기 위해서라도 억지로 일어나 옥탑방을 나섰다. 아침부터 폭염이었다. 그런데도 왕 사장은 에어컨을 틀지 않았다. 차에 앉은 사람들은 숨쉬기도 힘들었다. 어느 누구도 나에게 괜찮은지 묻지 않았다. 바빠서 사람을 더 쓰는 계절이었다.

이틀이나 빠졌으니 내가 고까운 것이었다. 시의 경계를 지나 물가에 다다르니, 물비린내가 확 끼쳤다. 나는 입을 틀어막았다. 역겨웠다. 자동차 냄새도 싫었다. 식은땀이 흘렀다. 괜찮으십니까? 용선이 나를 걱정스럽게 쳐다봤다. 나는 고개를 저었다. 용선이 왕 사장에게 외쳤다.

"이 아주머니가 좀 이상하신데, 잠깐 섰다 가면 안 되겠습니까?"

왕 사장이 나를 힐끔 쳐다보고는 계속 차를 몰았다.

"사장님, 이러다 사람 잡습니다."

"뭐. 얼마 남지도 않았잖아."

나도 한 손으로 용선을 말렸다. 용선이 내 손을 잡아줬다.

왕백숙집에 내리자마자 화장실로 달려가 속을 게워냈다. 아침에 먹은 것들이었다. 퉁퉁 불은 하얀 밥알이 구더기처럼 변기에 떠다녔다. 아영이를 가졌을 때도 입덧이 심했다. 물 한 모금도 마시기 힘들어, 늘 입술이 바짝 말라 있었다. 이번에도 같을 모양이었다. 입을 헹구다가 다시 또 변기를 부여잡았다. 왕 사장이 화장실 문을 두드리며 욕설을 뱉었다.

"애라도 들어섰냐? 누구 엿 먹이려고 이래! 일 못 하면 못 하겠다고 해야 사람을 뽑지!"

입술을 깨물며 일어났다. 지금 당장 일을 그만둘 수는 없

다. 매달 두 집 생활비에 공과금이 목에 칼을 대듯이 다가왔
다. 남편 몰래 번 돈이 많은 것도 아니었다. 몸이 이래서는 일
을 할 수가 없었다. 어떻게든 빨리 없애야 했다. 누구 아이인
지도 모르는 애가 배 속에서 자라고 있다는 것도 끔찍했다.

이틀을 비운 왕백숙집이었는데, 어쩐지 좀 달랐다. 조금
더 활기가 돌고, 조금 더 밝아진 것 같았다. 에어컨 바람도 더
시원하게 느껴졌다. 아침부터 형님을 찾으며 경찰이 들렀다.
얼굴이 왜 그래? 나한테 한마디 던지고는 곧바로 용선에게
다가갔다.

"처음 본 언니야네? 형님은 왜 나한테 연락을 안 하셨을까?
예쁜 언니야가 탄 커피 맛 좀 보자."

왕 사장이 마지못해 용선을 인사시켰다. 용선이 구십 도로
몸을 숙여 인사를 하고 커피를 탔다. 이모님이 못 본 척 부추
전을 부쳤다. 밀가루를 많이 풀어 부친 매끈하고 얇은 전이었
다. 기름 냄새에 속이 또 느글거렸다. 오토바이가 들어섰다.

"오늘 날인가 보네."

언니가 기어이 한마디를 했다. 태민이 백숙집 안으로 들어
와 왕 사장을 찾았다. 나와 눈이 마주친 태민이 바닥에 침을
뱉었다.

"싸가지하고는."

언니가 눈살을 찌푸렸다. 이모님이 말을 받았다.

"쟤 저러고 다니는 거 보면 아주 내 속이 뒤집어진다. 아니 왜 학교도 안 가고 여기서 어슬렁거려."

"학교에서도 개차반이라 포기했다잖아요."

이모님이 한숨을 내뱉었다.

"선생들도 똑같은 놈들이야. 애가 삐뚤게 나가면 다독여서 학교에 앉혀놔야지. 근데, 태민이네 선생들 오는 날이 오늘이야, 내일이야?"

이모님과 언니가 두런거리는 사이 태민이 용선에게 다가 갔다. 무슨 이야기를 하는지 태민이 피식 웃었다. 나는 숟가락에 종이 커버를 끼우며 태민을 주시했다. 태민의 저 표정을 나는 알고 있었다. 나에게 처음 다가왔던 날이었다. 당신이야? 태민의 첫마디였다. 용선에게도 그렇게 말했을 것이다. 태민이 그랬다. 아버지 것은 모두 빼앗겠다고. 어느새 용선이 내 옆에 다가와 테이블 냅킨 박스를 채우기 시작했다.

"몇 살이야?"

"스물여덟입니다."

"결혼은?"

"아직입니다."

"아침에 고마웠어."

"이제 괜찮습니까?"

손마디가 길쭉하니 시원해 보였다. 목도 길고, 팔다리도 길어 호리한 몸집이었다. 무엇보다도 커다란 눈이 호감을 느끼게 했다. 왕 사장이 용선을 불렀다. 왕 사장을 따라 별채로 들어가는 게 보였다. 부르릉, 오토바이 소리가 나더니 물가를 따라 태민이 사라졌다.

"선생들이 언제 온다고요?"

화분에 물을 주던 언니가 소리쳤다. 오늘! 날짜를 헤아려 봤다. 갑자기 마음이 급해졌다. 아이를 지우고 나서 얼마가 지나야 관계를 할 수 있는지 궁금했다. 서둘러야 했다.

최악과 최선

노파가 들이닥친 건 뜻밖이었다. 근 반년 만이었다. 아이는 나를 알아보지 못했다. 이번엔 노파의 품에만 안겼다. 숨막혀 죽겠다. 야야, 좀 떨어져봐라. 노파가 억지로 아이를 내밀자, 바닥에 뚝 떨어진 아이가 울먹였다. 노파가 벌떡 일어나 화장실로 들어갔다. 아이가 기어이 울음을 터트렸다. 남편이 조심스럽게 팔을 뻗었다. 아이가 나를 한번 쳐다보고는 남편에게 기어갔다. 엉덩이를 움직여 앞으로 나갔다. 여전히 걷지 못하는 모양이었다. 가슴에 천불이 났다.

"난 더 이상 못 키우겠다. 애가 걷지도 못하고 내내 나한테

안겨 있으려고 하는데, 내가 무슨 수로 이런 애를 키우냐. 정
상도 아닌 것 같고. 이제 너희가 알아서 해라. 난 모르겠다."

노파가 벌렁 누웠다.

"내일 아침, 내 손으로 밥해 먹고 내려갈 테니 걱정 마라.
이딴 코딱지만 한 방구석에 살면서 애를 또 뱄다고?"

나는 시선을 피했다. 이휴, 노파가 한숨을 뱉더니 뒤돌아
누웠다.

"남자한테 돈 벌라는 소리구만. 지금까지 공부한 거 다 허
사 아냐. 여자가 생각이 없어, 생각이. 어째 저 생각만 해. 남
자 앞길을 막는 여편네가 다리 뻗고 잠이 잘도 오겠다."

나는 남편을 노려봤다. 아이가 기어 내려와 노파의 등에
붙었다.

"네 아비 어미 있는데 왜 나한테 붙어? 가! 귀찮어, 저리
가!"

아이가 또 울음을 터트렸다. 남편이 아이를 안고 바깥으로
나갔다. 이내 다시 들어와 내 팔을 잡아끌고 나갔다.

"엄마한테는 제발 아무 말 말아줘. 제발, 제발 부탁이야. 내
가 이렇게 빌게."

남편이 두 손을 모았다. 평상에 앉아 있는 아이가 멀뚱하
게 쳐다보았다. 얼마 전에 공판장에서 얻어온 평상이었다. 야

외 테이블을 들여놓느라 버린 것이라고 했다. 하루 종일 열받은 옥탑방에서 잘 바에야 한뎃잠이 낫다며 남편은 평상에서 잠을 잤다. 아이가 제 이마를 박박 긁었다. 모기가 달려들어 팔다리가 따끔했다. 대답을 하지 않자, 남편이 무릎을 꿇었다. 나는 평상에 털썩 주저앉았다.

"우리, 여기서 그만둬."

남편은 내 말을 못 알아들었다.

"당신이랑 그만 살래. 이제 못 해먹겠어."

"내가 잘할게. 미안해. 그런 생각 하지 말고. 아영이 들어. 배 속 아기도 들어. 엄마 계실 때만이라도 좀 봐주라. 응? 좀 살려줘."

"바보 같은 소리 하지 마. 이제부터 정말 공부하겠다는 말도 하지 마. 얼굴색 하나 안 바꾸면서 그런 말을 하는 거 보면 정 떨어져! 나랑 헤어지는 거 싫으면, 내일부터 당장 나가. 할 거 없으면 구걸이라도 해. 그렇게라도 벌어. 십 원 한 장이라도 벌어. 가장으로 살고 싶으면 그렇게 해. 지금 당장 저 껍데기만 남은 책들 갖다 버리고……."

나도 모르게 북받쳐서 눈물이 났다. 호흡을 고친 후에, 천천히 말했다.

"지금, 당장, 버리고 와."

"엄마 있잖아. 내일 엄마 내려가면 그럴게. 정말로."

"지금 당장 버리고 와. 분명히 들어. 내일부터는 도둑질이라도 해서 돈 벌어!"

"나, 엄마 앞에서는 그렇게 못 해."

"못 해?"

남편이 대답을 하지 않았다. 엄마가 왜 입을 다물었는지 이해가 갔다. 엄마가 왜 아무 소리 없이 세간을 부쉈는지 알 것 같았다.

"잘나빠진 네 엄마랑 평생 살아, 이 개새끼야!"

계단참에 서 있던 쓰레기봉투를 들어 냅다 집어 던졌다. 봉투가 터지면서 쓰레기들이 평상 앞에 흩뿌려졌다. 우당탕 소리를 내며 내려온 나는 골목에 우뚝 섰다. 전화기를 들었지만 내가 가지고 있는 번호들이란, 왕백숙집에서 만난 남자들 번호뿐이었다. 아이를 안은 남편이 나를 내려다보고 있었다. 나는 태민에게 전화를 걸었다.

—아줌마가 웬일이야?

—나랑 같이 있을래?

—싫어.

—돈 안 줘도 돼.

—졸라 구질구질하다, 아줌마. 눈치도 없고. 나 아줌마 관

심 없어졌는데. 딴 데 알아봐.

선생님은 받지 않았다. 선생님뿐만이 아니었다. 왕백숙집 바깥에서 만났던 그들은 모두 내 전화를 받지 않았다. 마지막으로 왕 사장에게 전화를 걸었다. 들입다 욕을 하더니 일방적으로 끊었다. 더 이상 전화할 사람이 없었다. 갈 데도 없었다. 공판장 앞의 빈 테이블에 앉았다. 다른 테이블에는 남자들이 술을 마시고 있었다. 여자가 슬쩍 고개를 내밀었다. 나는 엄마에게 전화를 걸었다. 왜? 수화기 너머가 왁자했다. 왜, 무슨 일 있어?

—아니, 그냥.

—바쁘다. 끊어.

엄마는 어디서 살아? 뭐 하고 살아? 자식이 어떻게 사는지 궁금하기는 해? 이런 걸 물어보려면 어떡해야 하는지 나는 방법을 몰랐다. 공판장 여자가 맥주를 들고 나왔다.

"술이 고픈 게 아니라 밥이 고픈 얼굴이네? 저녁 안 먹었지?"

"식당에서 일하는데 굶었을까 봐."

"시모 왔지? 아까 봤네."

여자가 맥주를 따라 제 잔에 부어 혼자 마시더니, 공판장 안으로 들어갔다. 그사이 손님들이 나가고, 다른 사람들이 테이블에 앉아 여자를 불렀다. 담배나 라면을 사는 손님들이 수시로 들락거렸다. 여자가 뜨거운 컵라면을 내 앞에 두고 테이블을 치우러 갔다. 주문이 늦다며 남자 두엇이 구시렁거리자, 마른오징어를 내던지며 닥치라고 너스레를 떨었다. 구면인 모양이었다.

"뭐 해? 먹어. 다 불겠다."

컵라면 뚜껑을 열고, 젓가락을 갈라 내 앞에 놔줬다.

"뜨거운 걸 먹어야 기분이 좀 풀리지. 시 자가 들어가는 건 다 치가 떨린다. 난 그래서 시금치도 안 먹어. 시집살이를 좀 알거든."

여자는 계속 혼자 맥주를 마셨다.

"어째 그런 표정으로 다녀. 안 그래도 칙칙한 골목에, 귀신 같잖아."

라면 냄새가 나쁘지 않았다. 후룩, 국물부터 들이켰다. 혀가 얼얼했다. 적당히 익은 면발도 맛있었다. 콧잔등이에 땀이 맺혔다. 이마와 목덜미에 땀이 맺히더니 등을 따라 엉덩이까지 축축해졌다. 한번 먹기 시작하자 젓가락을 놓을 수가 없었다. 짜고 매운 국물이 느글거리던 속을 가라앉혔다. 바닥에 고인 조미료까지 긁어 먹자, 여자가 술을 내밀었다. 차가운 맥주였다. 아! 저절로 탄식이 터졌다.

"자기 시모, 아까 여기서 지랄하는 거 보니까, 알 만하겠더라. 아들 저녁 해 먹이겠다고 두부랑 호박 고르면서, 무슨 잔소리를 그렇게 해대니. 두부에서 쉰내가 나니 마니. 나면 안 사면 될 거 아냐. 장사 이렇게 하면 안 된다고 가르치려고 들어서, 어느 집에 온 누구냐 물었다가, 단번에 알았지. 아는 척 좀 했더니, 어떻게 외간 남자를 그렇게 잘 아느냐고, 두 눈에 쌍심지를 켜더라고. 왜 다들 나한테 그래. 친절해도 죄야? 콱 그냥 사실대로 다 말해? 그런데 왜 오늘은 아무 말도 안 해?"

"배불러서."

"부르려면 아직 여덟 달은 더 있어야 하는 거 아냐?"

여자가 낄낄댔다.

"골목에 비밀은 없지. 그래서 시모는 언제 간대?"

"내일."

"잘 데 없어서 헤매고 다니는 거야? 집 놔두고 뭐냐."

여자가 테이블을 뚝딱 정리하더니, 공판장 불이 꺼졌다.

"뭐 해, 따라와."

공판장 뒤편의 샛길로 들어서자 작은 문이 하나 나왔다. 그 안으로 다닥다닥 붙은 문이 죽 이어졌다. 끄트머리에 계단이 있고, 여자의 방은 그 계단의 아래, 지하에 있었다. 불을 켜자 샛노란 커튼이 정면에 보였다. 옥탑방보다 조금 더 작은

방이었지만 세간이 없어서 넓어 보였다. 종이 상자 세 개, 그 위에 개켜진 이불, 구석의 선풍기 하나가 전부였다.

"햇빛 없으니까 알람 맞춰놓고 자. 안 그러면 못 일어나는 방이야."

씻지도 않고 누웠다. 덜덜덜, 선풍기 소리만 들렸다. 어떤 불빛도 없는 칠흑 같은 사각의 방이 비현실적으로 느껴졌다. 여자가 뒤척일 때마다 서로의 팔이 닿았다. 엄마와 민영의 사이에서 자다 보면 어깨가 둘의 팔에 눌리곤 했다. 세 모녀의 체취가 같던 시절이었다. 민영에게서 연락이 끊긴 지 오래되었다. 소식이 있으면 있는 대로, 없으면 없어서 걱정이었다. 그건 준영도 엄마도 마찬가지였다.

"나도 새끼 버려봐서 알아."

나는 침을 꿀꺽 삼켰다. 여자가 웅얼거렸다.

"오죽하면 자식을 버리겠냐고. 버린 어미는 제대로 살기나 하겠어? 그 죗값을 받기 위해 피눈물 흘리며 사는데, 왜 저들이 난리야. 뭘 안다고 말이야."

잠꼬대인가. 나는 아무 말도 하지 않았다.

"어지간하면 참아. 결국 후회하게 되어 있어."

"어지간하지 못하면."

"그럼 참지 말고."

나는 등을 세워 벽에 바짝 붙였다.

*

노파는 말처럼 다음 날 내려갔다. 옥상은 말끔하게 치워졌고, 남편의 목소리는 더 힘이 없었다. 아영이 병원부터 가야 하잖아. 남편 말이 맞았다. 두 돌이 다 돼가는 아이가 일어서질 못하고, 엉덩이를 비비며 움직이는 건, 그냥 좀 늦어서가 아니었다. 나는 차마 아이를 업고 구걸하러 나가라는 말은 하지 못했다.

아침이 되었으니, 나는 변함없이 승합차에 올랐다. 뭔가 이상하다 싶었는데, 용선이 왕 사장 옆자리에 앉아 있었다. 이모님이나 언니, 나도 그 자리에 앉아본 적이 없었다. 게다가 에어컨도 틀어져 시원했다. 태민의 오토바이가 승합차 가까이 따라왔다. 정해진 순서처럼 태민은 왕 사장에게 손을 내밀었고, 왕 사장은 지갑을 꺼냈다. 내내 용선을 응시한 태민은 돈을 받아들자마자 쌩, 앞서 사라졌다. 이제 나는 없는 사람이 된 것이었다.

여름철이어서 여자를 찾는 손님이 드물었지만, 아주 없는 건 아니었다. 용선은 아직 별채에 들여보내지 않았다. 내가

그랬던 것처럼 왕 사장이 길들인 뒤에 별채 손님을 맞게 할
것이었다. 일을 끝내고 별채에서 나오니, 용선이 방문 앞에
멀뚱히 서 있었다.

"저기, 돈은 많이 법니까?"

나는 용선을 빤히 쳐다봤다. 쟁반을 들고 있는 용선의 손
이 바들바들 떨렸다. 손톱 끝이 뭉툭했다.

"왜 이렇게까지 돈을 벌려고? 결혼도 안 했으니, 남편도 없
고, 애도 없을 거 아냐. 부모나 형제자매가 속 썩여?"

"사람대접 받고 싶습니다."

"그럼 많이 벌어야겠다."

"네."

용선의 큰 눈이 퀭해 보였다. 그날, 나는 왕백숙집을 그만
두겠다고 말했다.

"하필이면 한여름에 나가겠다는 건 무슨 심보야. 손님 많
은 걸 보고도 그런 소리가 나오냐?"

"앓는 소리 마요. 사람 구하는 게 어려운 일도 아니잖아요."

"홀 서빙이야 어떻게든 구해지겠지. 알았어, 알았어. 아프
다고 하니까 이 정돈 줄 알아."

이달 일한 건 다음 달에, 퇴직금 조로 모아뒀던 돈은 다다
음 달에 주겠다는 것이었다. 돈 많이 벌게 했으니 고맙게 생

각하라고도 했다. 혹시라도 돈을 떼이는 건 아닌가 싶어서 나는 공손하게 고개를 숙였다.

"여러모로, 고마웠습니다."

"사람 없으니까 오늘까지 일하고 가."

"오늘 일당 쳐주는 거예요."

"농땡이 칠 생각이나 마."

다른 날과 다르지 않았다. 손님이 꾸역꾸역 들어왔고, 나는 식은땀을 흘리며 홀과 별채를 드나들었다. 손님이 빠진 틈을 타 간신히 밥을 먹었다. 이모님이 닭 국물을 내줬다. 고기도 몇 점 들어 있었다.

"먹어. 아프지 말고. 인연이 되면 또 보겠지."

언니가 어깨를 두들겼다. 멀찍이 서 있는 용선과 눈이 마주쳤다. 저녁 손님들이 들어서기 시작했다. 서둘러 양치질을 하려다가 또 토하고 말았다. 화장실에 들어오려던 손님이 그냥 나갔다. 퇴근하려면 여섯 시간은 더 있어야 했다. 그동안 왕백숙집에서 지낸 일 년 반보다 더 길게 느껴졌다. 시간은 멈추지 않는다. 결국 지나가게 된다. 그것이 가장 큰 위안이었다. 내일모레면 말복이었다. 삼복더위가 지나면 곧 선선해지고, 금세 추워질 것이다. 세상에 사람처럼 간사한 것은 또 없었다.

좀 전에 화장실에서 마주친 손님이 왕 사장과 이야기를 나누다가, 힐끔 나를 쳐다보았다. 왕 사장이 몇 번 굽실댔다. 용선이 재빨리 음식을 날랐다. 왕 사장이 나를 불렀다.

"마지막까지 이 짓을 해야겠어요?"

"너 좋으라고 하는 거야. 한 푼이라도 더 벌어야 할 거 아냐."

"이 더위에 그거 할 생각이 난대요?"

"저……."

왕 사장의 뒤로 용선이 주춤거리며 다가왔다. 자기를 들여보내면 안 되느냐는 것이었다. 왕 사장이 벌컥 언성을 높였다.

"넌 좀 가만히 있어. 별채까지 안 들어가도 살 수 있게 해준다니까, 참 말 안 들어."

왕 사장이 나에게 눈짓을 했다.

"내가 들어갈 거야. 넌 나 없을 때나 잘해."

나는 용선을 지나 별채로 성큼성큼 걸어 들어갔다. 나 좋은 일은 삼십 분도 걸리지 않았다. 문을 여닫는 중에 따라 들어온 나방 한 마리가 형광등에 붙었다. 남자의 신음 소리가 시작되자, 나방이 저 혼자 형광등에 부딪치며 파닥거렸다. 어느 인간이 뿌린지도 모르는 것이 배 속에 있다. 그런데도 나는 두 눈을 똑바로 뜬 채 낯선 남자에게 또 그 구멍을 열었다.

멀리 물소리가 들렸다. 미적지근한 물이 느리게 흐르고 있을 터였다.

아영이를 낳을 때가 떠올랐다. 진통이 시작되어 찾아간 병원에서는 일단 기다리라고 했다. 오 분 간격인데요. 떨리는 목소리로 말을 해도, 접수부터 하라는 것이었다. 진통 시작됐다고 당장 나오는 거 아니거든요. 간호사가 무심하게 말하고 다른 환자를 호명했다. 아, 아! 온몸을 집어삼킬 것 같은 통증이 배 속에서 회오리바람처럼 솟구쳤다가 멀어졌다. 주르르, 미지근한 물이 다리를 타고 내렸다. 여, 여보. 남편은 덜덜 떨었다. 내복이 금세 양수와 피로 흥건하게 젖었다. 다리를 적시는 그 미지근한 물의 느낌이, 소름 끼치도록 기분 나빴다. 여하튼 간호사의 말이 맞았다. 아이는 하루를 넘긴 후에야 세상에 나왔다. 아이의 걸음이 더딘 건 진통 시간이 너무 길었기 때문은 아닐까. 아이의 잘못은 모두 엄마가 원인이었다. 나는 그게 늘 괴로웠다.

남자의 신음 소리가 끝나자 물소리가 더욱 선명하게 들렸다. 나방은 어느새 보이지 않았다. 배 속 아이는 머리가 생겼을까. 눈은 만들어졌을까. 탯줄로 이어져 내가 먹고 마시는 것들이 고스란히 전해지고 있겠지. 씻은 손에서 물비린내가 났다.

자정이 넘었는데도 여름 국도는 차가 많았다. 도시 복판을 제외하고는 어디든 차가 많은 피서철이었다. 시와 도 경계의 표지판이 멀리서도 번쩍였다. 안녕히 가십시오. 반대 차선에서는 어서 오세요, 라고 쓰여 있을 터였다. 아침마다 안녕히 잘 가시라는 말 때문에 다른 세계로 들어선 것 같았다. 그런데 밤이 되어 되돌아오는 여기도 다른 세계 같았다. 왕백숙집이나 옥탑방이 나의 세계라고 믿고 싶지 않기 때문이었다. 승합차 안의 공기가 묵직했다. 일직인 용선만 차에 없었다. 이모님이 반찬통을 건넸다.

　"시원섭섭하겠다."

　아쉬우면 안 될 것 같은데, 홀가분한 기분도 들지 않았다. 나는 비죽 웃었다. 사거리에 차가 멈췄다.

　"애 잘 키워."

　언니가 손을 흔들었다. 나는 꾸벅 고개를 숙였다. 승합차는 사거리를 지나 시야에서 사라졌다. 주머니 속에는 마지막 손님에게 받은 오만 원 지폐가 반듯하게 접혀 있었다. 사거리의 좌판에서 나는 원피스 하나를 골랐다. 발목까지 내려오는 길이였다. 지폐는 세 장 남았다. 공판장에서 소시지와 과자, 우유를 샀다. 콩나물과 두부, 컵라면도 샀다. 지폐가 한 장 남았다. 여자는 떡볶이를 놓고 사내들과 술을 마시고 있었다.

아, 잊은 게 있다. 담배 네 갑과 지폐를 맞바꿨다. 주머니에는 이제 남은 게 하나도 없었다.

*

소아과 의사는 아이를 왜 이렇게까지 방치했느냐며 소견서를 써줬다. 정밀 검사를 받은 뒤에 치료를 해야 한다고 했다. 아직 가능성은 있을 것 같다며, 서두르라고 덧붙였다. 권하는 병원을 적은 메모지에는 대학병원이 두 곳, 소아발육센터 한 곳이 적혀 있었다. 남편의 등에 업힌 아이는 간호사가 준 사탕을 쪽쪽 소리 내며 빨았다. 병원을 나서기 전, 의사가 적어준 병원에 전화를 걸어 진료비를 의뢰해보았다. 예약도 밀려 있는 데다가 고가의 진료비에 입이 다물어지지 않았다. 나는 녹은 사탕으로 끈적이는 아이의 얼굴과 손을 닦아주었다. 이제 아이는 내 손길을 뿌리치지 않았다. 남편과 나는 묵묵히 병원을 나섰다.

옥탑방 계단을 올라가는 참에 전화가 걸려왔다. 엄마였다. 엄마는 실성한 사람처럼 울었다. 자고 있는데 갑자기 사람들이 들이닥쳐 집을 무너트렸다는 것이었다. 동네의 모든 집이 그렇게 사라졌다면서, 어떡하느냐고 울었다. 거짓말 같은 현

실에 놀랄 것도 없었다. 나는 담담하게 물었다. 건진 건? 없으
니까 전화했지. 나는 이제 어떡하니. 그래도 전화기는 챙겨 나
왔네. 나는 울먹이는 엄마의 숨소리를 듣다가 천천히 말했다.

"나도 죽지 못해 살고 있어. 그러니까, 자꾸 전화하지 마,
엄마."

남편이 계단에 우뚝 서서 나를 올려다봤다. 전화벨이 다시
울렸다. 엄마가 계속 걸었다. 나는 전원을 끄지 않고 그냥 벨
이 울리게 뒀다. 엄마보다 끈질길 자신이 있었다.

모든 일은 한꺼번에 터지곤 한다. 어떤 일이 더 생겨야 최
악이 되는 걸까. 나는 무릎을 세워 앉아 바닥을 노려봤다. 민
영이나 준영의 전화를 받는 것이다. 기껏해야 돈이 있느냐 물
을 게 뻔했다. 시골의 노파가 아프다는 소식, 밀린 병원비나
수술비가 청구되는 상황이 조금 더 끔찍하겠다. 차라리 큰아
들이 떠넘겨놓은 빚을 남기고 노파가 세상을 뜬다면. 큰아들
은 실종되어 그 빚이 고스란히 남편의 몫이 되고, 두 아이들
까지 내가 맡는다면 최악이 될 수 있을까. 더 끔찍한 걸 생각
해보자. 지금 당장 옥탑방에서 쫓겨나는 건 어떨까. 아이가
평생 걷지 못하고 엉덩이로 기어 다녀야 한다면. 내가 죽어
무능한 남편 혼자 아이를 맡는 건, 최악이 될까, 최선일까. 피
식 웃음이 났다. 최악을 생각해보니 지금의 상황이 그리 나쁜

것 같지 않았다. 여하튼 배 속 아이는 지우면 그만이었다. 남편이 문제라면 같이 안 살면 되었다. 아이는 빚을 내서라도 고쳐주면 되지 않나. 빚을 낼 수 없다면, 그래서 아이를 저대로 살게 둬야 한다면……, 그 꼴을 어떻게 보나. 죽어버리지 뭐. 아니다. 아이와 함께 죽는 것이 더 나을지도 몰랐다. 그래, 아이를 세상에 혼자 두느니 같이 죽는 게 낫겠다. 어떻게든 해결 방법은 있었다. 그렇게 생각하니 홀가분했다. 한번 터진 웃음이 멈춰지질 않았다. 남편이 아이를 안고 슬금슬금 뒤로 물러섰다.

"나 미친 거 아니니까 도망치지 마."

하지만 남편은 아이를 데리고 계단을 내려갔다. 공판장 앞에서 아이와 아이스크림을 물고 있을 것이었다. 죽을 게 아니라면 살아야 했다. 살 것이면 제대로 살아야 했다. 대낮의 옥탑방은 찜통이었다. 나는 남편이 올 때까지 꼼짝하지 않고 그대로 앉아 있었다. 잠든 아이를 업고 터덕터덕 계단을 올라오는 남편의 발소리가 들렸다. 그제야 나는 고개를 들었다. 등에 업힌 아이는 바닥에 내려놓아도 깨지 않았다. 나는 남편의 손에 이제는 쓸모없을, 다 찢어진 책들을 쥐여주었다. 점심 먹을 시간이었다.

냄비의 물이 팔팔 끓었다. 삶은 계란만 꺼내 찬물에 담가

놓고, 끓던 물에 국수를 넣었다. 눌어붙지 말라고 식용유를 한 방울 떨어트렸다. 상추와 깻잎은 씻어 물기를 털어 잘라놓고, 오이와 양파는 가늘게 채 썰었다. 고추장에 식초, 파, 다진 마늘, 설탕을 섞어 초장을 만들었다. 삶은 국수를 건져내 찬물에 헹군다. 물기를 빼내 양푼에 담고, 야채와 초장, 참기름을 넣어 비볐다. 그릇에 담고 삶은 계란을 하나씩 올렸다. 아이에게는 참기름과 간장, 깨소금으로만 버무린 국수를 냈다. 상 위에는 국수 세 그릇과 왕백숙집에서 얻어온 묵은지, 열무김치가 올려졌다.

옥탑방의 모든 책을 버리고 온 남편이 새카만 손을 씻고 상 앞에 앉았다. 그제야 세 식구가 젓가락을 들었다. 방에는 후루루룩, 국수 넘어가는 소리만 들렸다. 국수를 다 먹고 나서, 나는 좌판에서 사온 긴 원피스로 갈아입었다. 세 식구는 다시 옥탑방을 나섰다. 이번에는 내가 아이를 업었다.

소장은 단번에 나를 알아보았다. 책상 앞에 남편을 앉혔다. 뭐 잘해? 뭐든지 다 잘합니다. 소장이 웃었다. 아줌마랑 똑같네. 소장이 나에게 윙크를 했다. 왕백숙집을 소개한 곳도 여기였다. 소장은 두어 번, 왕백숙집 별채로 나를 찾아오기도 했었다.

"처음에는 아르바이트처럼 하다가 직원으로 들어갈 수 있는 데 있잖아요. 그런 데 알아봐줘요."

"백숙집은 아예 그만둔 거야?"

"딴소리 말고요. 돈 떼먹지 않는 제대로 된 회사로요."

"아쉽네. 한 번 더 가려고 했는데."

소장이 빙글빙글 웃으며 인적 사항과 연락처를 받아 적었다. 혹시 모르니까, 아줌마 전화번호도 하나 주지? 내가 뭐라 하기도 전에 남편이 먼저 번호를 불러줬다. 소장이 업힌 아이를 힐끔 쳐다봤다.

"애가 순한가 보네. 하긴, 그래야 엄마가 일하러 다니지."

남편이 대뜸 끼어들었다.

"뭐든 안 가리고 열심히 하겠습니다. 잘 좀 부탁드립니다."

꾸벅 고개까지 숙였다. 소장이 남편의 어깨를 툭툭 치며, 연락 주겠다고 했다. 소개비를 내놓고 사무실을 나섰다.

"저녁엔 뭐 해 먹을까?"

"그냥 밥 먹지, 뭐."

"먼저 가 있어. 난 시장에 좀 들렀다 갈게."

남편에게 아이를 맡기고서 사거리에서 헤어졌다. 요즘은 아이 떼는 수술을 받기 힘들다고 말해준 건 언니였다. 보호자도 필요하고 비용도 장난이 아니라 했다. 기껏 모은 비상금을 아이 떼는 데 다 쓸 수는 없었다. 버스는 이내 시 경계를 넘어 갔다. 비좁게 세워진 키 큰 건물들은 작고 낮은 건물들로 바뀌고, 화려한 간판은 빛바랜 상호로 바뀌었다. 도로 옆으로 물이 흘렀다. 조금 더 가면 가든과 레스토랑이 즐비한 화려한 건물들이 등장할 것이었다. 버스는 그쪽이 아니라, 다리를 건너 고속도로 쪽으로 빠졌다. 종점에 가까워지고 있었다. 언니가 말한 대로, 종점 전 정거장이라고……, 저기 산부인과 건물이 보였다. 언니는 틀림없다고 했다. 어쩌다가 그랬어. 말을 흐렸지만 다 안다는 얼굴이었다.

"멘스한다고 하면 되지, 그렇다고 일을 그만둬? 하긴, 보름은 못 하니까 왕 사장 성격에 사람 잡으려고 하겠다만. 나는 차라리 툭 까놓고 말 다 했는데. 아무튼 몸뚱이가 재산인데, 한두 번 그렇게 지워대다간 아래가 남아나질 않는다. 조심해. 자기 남편은 건강하잖아."

언니의 남편은 항암 치료를 시작했다. 방법이 있는데 붙은 목숨 생으로 죽일 수 없잖아. 차도가 없어도 그만두라 할 수도 없고. 자기가 알아서 그만두겠다고 하지 않는데 도리가 없어. 수험생 아들은 대학에 가지 못했다. 지금 피시방 알바 하는데, 돈 벌어서 피시방 사장 되겠대. 아들 이야기 할 때는 그래도 희미하게 웃었다. 언니가 부쩍 나이 들어 보였다.

병원은 어둡고 습했다. 바깥보다는 시원했지만 눅진한 공기가 불쾌했다. 초음파를 끝낸 남자 의사는 나를 쳐다보지 않고 말을 이었다.

"십 주니까 별 무리는 없겠고. 내일 아침 열시로 잡읍시다."

"오늘은 힘들까요?"

의사가 고개를 들어 나를 빤히 쳐다보더니, 입술을 실룩댔다.

"뗄 거면 가지질 말든가."

병원을 나오니 이미 어두웠다. 버스에 오르는데 팽, 현기증이 났다. 버스는 냉방이 잘돼 덜덜덜 이가 떨렸다. 온몸에 한기가 스몄다. 그래도 자꾸 웃음이 났다. 심란하던 혹을 떼어낸 것만으로도 날아갈 것 같았다. 남편도 일을 시작할 것이다. 나도 다시 돈을 벌고, 아이도 치료를 시작할 것이다. 남편이 공무원이 되지 않아도, 수입이 적어도 괜찮다. 제대로 살수만 있다면, 사람처럼 살 수만 있다면야.

물을 건너 국도로 진입하는데 옆 차선에 왕백숙집 승합차가 보였다. 단체 손님을 데리고 가는 모양이었다. 용선의 커다란 눈과 길쭉한 팔다리가 떠올랐다.

남편 이름을 대는 낯선 남자의 전화를 받은 건 병원에 가던 길이었다. 아이의 정밀 검사가 예약된 날이었다. 남편이 김치 공장에서 아르바이트를 시작한 지 삼 일째였다. 그 회사에 넣기 위해 소장에게 두 번이나 불려가야 했다. 아이를 뗀 지 얼마 안 됐다고 해도 무작정 덤벼들었다. 사무실 소파에 피가 흘러도 속수무책이었다. 소장은 잠갔던 사무실 문을 열어주면서 방귀를 뀌었다. 한 번 더 와, 응? 그렇게 들어간 김치 공장이었다. 배추를 내려놓고 후진하는 트럭에 받혔다는 것이었다. 나는 숨을 가누었다. 최악의 경우에 남편의 사고는 없었다. 이런 일이 있을까 봐 우리가 일용직을 잘 안 쓰는데. 남자가 괜히 헛기침을 했다.

—생명이 위험한가요?

—그 정도로 위급한 건 아니고요.

자기는 데려다 주었을 뿐이라고 했다. 남자의 목소리는 사무적이었다. 덤덤한 대꾸에 안도가 되었다.

응급실에 있던 남편은 내가 수속을 마친 뒤에야 입원실로 옮길 수 있었다. 다리를 붕대로 친친 감아 묶어놓은 상태였다. 붕대는 팔과 머리에도 감겨 있었다. 눈을 감고 있는 남편을 보니, 그대로 도망치고 싶었다. 수술 일정을 잡고, 보호자 서명까지 마쳤다. 수술 부작용이나 장애가 생겼을 경우, 자기들이 책임을 지지 않겠다는 서약이었다. 부러진 다리에 철심을 박아 넣는 수술을 해야 했다. 생명에 지장은 없겠지만. 담당의가 말하는 그 단서가 참 부질없게 느껴졌다. 아이는 내 등에 그림자처럼 붙어 있었다.

남편이 수술실에 들어가 있는 사이, 나는 전화 한 통을 받았다. 박정심 씨 따님인가요? 엄마 이름이었다.

—어머님이 상심이 커요. 그래도 자기를 낳아주신 엄마에게 그렇게 모질게 말하면 안 되죠. 안 그래도 효녀라고 자랑이 대단하셨는데. 엄마를 한번 만나러 오세요.

자기가 뭐라고. 잔뜩 거드름을 피우는 말투가 거슬렸다.

—지금 어디에 있는데요?

—봐요, 자식이 엄마가 어떻게 사는지도 모르잖아요.

—누구세요?

—엄마 친구예요.

—친구분이 잘 보살펴주세요, 그럼.

—나는 엄마가 가슴 아파하는 걸 보는 게 괴로워서, 따님에게 알려야겠다고 생각했어요. 다른 뜻은 없어요.

—알았어요. 할 말 끝나셨으면 끊습니다.

아니, 저기! 전화를 끊으려고 하자, 남자가 서둘렀다.

─사실은 엄마가 여깄는데, 내가 곤란해서 그래. 아이씨, 그러지 말고 좀 데려가.

나는 아이를 안고 다시 최악의 상황을 열거하기 시작했다. 남편이 수술 중에 죽는다. 어쩐지 최악으로 여겨지지 않았다. 남자에게 쫓겨난 갈 데 없는 엄마가 길거리에서 죽는다. 그것도 최악은 아닌 것 같았다. 나는 크게 숨을 쉬고서 말했다.

─좋아서 살림 냈으면 끝까지 데리고 사세요. 이제 와서 어쩌라고요.

남편의 이름에 초록색 불이 들어왔다. 수술이 끝났다는 뜻이었다. 수술실 문이 열리고 담당의가 얼굴만 내밀었다. 잘 마쳤다는 말만 하고 다시 수술실로 들어갔다. 이제 중환자실로 가게 된다는 것이었다. 중환자실 앞에서 남편 이름을 대자 유리 부스 안쪽에서 간호사가 입을 벙긋거렸다. 문 앞의 스피커에서 간호사의 목소리가 들렸다.

"물티슈와 각티슈를 하나씩 사서 갖다 주세요. 면회 시간은 오전 열한시, 오후 여섯시 반입니다."

그게 끝이었다. 전화가 또 울렸다. 아까 그 번호였다. 나는 자꾸 흘러내리는 아이를 추슬러 업고, 전화를 받았다.

─박정심 씨 따님 남편이 지금 막 중환자실로 들어가 바쁘

다고 전하세요. 한가해지면 전화하겠다고 말이에요.

—뭐? 얘, 다시 말해봐. 너 지금 어디야?

엄마였다.

—나 돈 없어. 할 얘기도 없고.

전화를 끊고 보니, 복도에 있던 사람들이 나를 빤히 쳐다보고 있었다. 뭘 봐요. 돈 없다는 사람 처음 봅니까? 병원 매점에 들어가서야 아이 끼니를 걸렀다는 걸 깨달았다. 중환자실에 물품을 넣어주고, 병원 앞의 죽집에 들어갔다. 참기름 냄새를 맡으니 허기가 몰려왔다.

뜨거운 죽 한 그릇을 앞에 두니 아무 생각이 들지 않았다. 오로지 뜨거운 이걸 잘 먹어야겠다는 생각뿐이었다. 크게 한 술 떴다가 입천장을 데었다. 아이를 먹일 때는 호, 호, 호, 세 번씩 불어 식혀 먹였다. 아이 한 번, 나 한 번, 아이 한 번, 나 한 번. 아이는 죽 그릇이 다 빌 때까지 입을 쩍쩍 벌려, 주는 족족 다 받아먹었다. 손톱보다 작은 이가 박힌 아이의 붉은 입안을 볼 때마다 가슴이 저릿했다. 분명 내 가슴을 열어 젖을 먹여 키운 아이였는데, 내 손으로 먹을 걸 떠먹여주는 건 처음인 것 같았다. 아, 잘 먹었다. 빈 그릇을 보여주자 아이가 맑게 웃었다. 자알 머거따! 저도 나를 따라 혀 짧은 소리를 냈다. 먹을 걸 주니 이제야 엄마로 인정하는 모양이었다. 나에게 웃는 아이를 보는 것만으로도 가슴이 덥혀졌다.

"걱정 마. 엄마가 평생 몸을 팔아서라도 네 다리 고쳐줄게."

배가 부른 아이는 하품을 하며 눈을 비볐다. 나는 당장 아이 병원부터 다시 예약을 했다. 그리고 엄마에게 전화를 걸었다.

어서 오세요

사거리의 삼겹살집은 내외가 하는 식당이었다. 시급으로만 따지면 왕백숙집보다 오백 원이 많았지만, 별채의 수입을 생각해보면 현저히 적은 수입이었다. 무엇보다도 일하는 사람이 나 하나였다. 주방은 안주인이, 홀과 카운터는 사장이 봤다. 식당의 온갖 잡다한 일은 모두 내 차지란 뜻이었다. 그보다도 가장 힘든 건, 손님이 갑자기 몰려드는 시간대였다. 주문받고, 음식 나가고, 빈 테이블을 치우고, 새로 손님을 받는 일은 애초에 사람 혼자 감당할 수 없는 일이었다. 그런데 혼자 해내야 했다. 카레라이스나 제육볶음밥, 된장찌개백반

등으로 점심 특선을 정해 점심 장사까지 했으니 여기도 몸이 부서질 것 같기는 마찬가지였다. 점심 특선에서 다 팔리지 않은 메뉴가 생기면 며칠에 걸쳐 먹어치워야 하는 것도 할 일이었다. 고기와 술을 팔아도 음식을 갖다 주는 것까지만 내 일이었기 때문에 손님들의 흐름만 몸에 익으면 일 자체가 어렵지는 않았다. 왕백숙집에서 일한 덕분이었다. 술을 따를 일이 없다는 것이 마음에 들었다. 물론 개중에는 술주정을 하는 사내들이 있기도 했지만, 왕백숙집에 비하면 양호했다. 적어도 룸도, 별채도 없었다.

안주인은 나를 무척 마음에 들어 했다. 어디서 일을 배웠어? 어쩜 이렇게 일을 잘하니. 나는 물가의 왕백숙집 이야기는 하지 않았다. 주인 내외는 나 같은 아줌마는 없었다며 일당백이라며 추켜세웠다. 사람 하나 더 쓰자고, 이대로는 일 못 하겠다고 뻗대지 않게 하려는 수였다. 몸은 고되어도, 마음이 고단한 곳은 아니었다.

가끔 왕백숙집 승합차나 태민의 오토바이를 볼 때가 있었다. 이맘때의 물가는 새벽에 떨어진 낙엽들이 둥둥 떠다니며 안개를 만들어낼 것이었다. 그리워서가 아니었다. 그때보다 사정이 나아지지 않았다는 것이, 어쩌면 조금 더 나쁜 쪽으로 기울어져 있다는 것이 종종 서글펐다. 달라진 것이 있다면,

삼겹살집 옆의 좌판 청년과 눈인사를 나누게 되었다는 것 정도였다.

아침 열시부터 열네 시간 일을 하고 옥탑방으로 걸어 올라가는 일이 하루 중에 가장 힘겨운 일이었다. 야외 테이블에 손님이 많은 날은 더욱 그랬다. 한 발짝 디딜 때마다 전신에 바늘이 박히는 것 같았다. 그때마다 나는 아이와 남편을 생각했다. 아이의 치료는 언제까지라고 장담할 수 없다고 했다. 어쩌면 평생 불편하게 살지도 모른다고 했다. 말미에는 꼭 왜 이제 왔느냐는 질책을 들었다. 남편의 수술은 성공적이었지만 일상생활을 하기까지는 시간이 필요하다고 했다. 엄마도 관절염 때문에 한쪽 다리를 절룩였다.

전화를 받고 그 길로 달려온 엄마는 얼굴이 이상했다. 눈과 볼, 얼굴 전체가 퉁퉁 부어 있었다. 마치 처음 보는 사람처럼 낯설었다. 엄마는 내게 덥석 달려들더니 아이를 번쩍 안았다. 낯가림이 심한 아이가 버둥거리며 자지러지게 울었지만 엄마는 아랑곳하지 않았다. 볼을 비벼대고 손을 빨아대며 아이를 얼렀다. 주머니에서 사탕을 꺼내 입에 넣어주기도 했다. 아이의 울음소리가 차츰 잦아들었다. 어느새 아이는 엄마의 휴대폰을 눌러대며 얌전히 안겨 있었다. 아이를 바라보며 슬며시 웃는 엄마의 눈가가 깊게 파였다. 무언가를 잃어버린 사람의 얼굴이었다. 그때 엄마가 첫마디를 꺼냈다.

"넌 얼굴이 좀 변했다."

마른세수를 했다. 내가 뭘. 내가 느끼기에도 해골처럼 양볼이 쑥 들어가 있었다. 두 눈도 뻑뻑했다.

그날 밤, 옥탑방에 엄마와 나란히 누웠다. 좀처럼 잠이 오지 않았다.

"애가 어쩌다가 이렇게 되었냐. 다른 건 몰라도 애는 챙겼어야지."

"얘기하자면 길어."

엄마와 나 사이에 누운 아이가 색색 숨을 몰아쉬었다.

"그 아저씬 누구야. 같이 살기 시작했으면……."

"말 마. 그 사기꾼 새끼."

"왜?"

"얘기하자면 길다."

엄마와 나는 입을 더욱 굳게 다물었다. 몇 년 만에 만난 모녀 사이인데, 할 말이 참 없었다. 하고 싶은 말들보다는 하지 말아야 할 말들만 자꾸 떠올랐기 때문이었다.

엄마에게 아이를 맡기고서 병원에 가 중환자실 면회를 했다. 남편은 고통스럽게 얼굴을 찡그렸다. 오후엔 입원실로 옮겨진다고 했다.

"미안해. 나 정말 정신 차렸는데. 당신한테 인정받고 싶었는데……."

남편이 눈물을 흘렸다. 아파서 우는지, 미안해서 우는지 알 도리가 없었다. 나는 남편 옆에 붙어 있을 수 없었다. 당장 일하지 않으면 병원비를 감당할 수가 없을 터였다. 돈도 없는 주제에 아프기까지 하다니. 그게 가장의 도리니? 아버지를 몰아세우던 엄마의 말이 떠올랐다. 엄마와 똑같은 사람이 되고 싶지 않았다. 나는 좀 달라지고 싶었다. 이제와는 다르게 살고 싶었다.

소개소 소장은 물가의 식당을 알선해주었지만, 나는 힘겹게 거절했다. 그래서 삼겹살집으로 나가게 된 것이었다. 정수리부터 발끝까지 돼지고기 누린내에 절어 살았다. 돌아오면 엄마와 아이는 자고 있었다. 어둑한 방에 나란히 누운 엄마와 아이의 얼굴이 어딘지 닮아 보였다.

준영이 찾아온 건 엄마와 지낸 지 보름쯤 뒤였다. 공판장 테이블에서 여자와 맥주를 마시던 청년 하나가 불쑥 일어서는 바람에 소스라치게 놀랐다. 보니 준영이었다. 가슴이 덜컥 내려앉았다. 반갑지 않았다.

"아, 이 냄새 뭐야."

준영이 코를 감쌌다. 여자가 잔을 내밀었다.

"삼겹살은 원 없이 먹겠네? 그러고 보니 고기 먹은 지도 오래됐다."

"우리 누나, 못 본 사이에 많이 늙었네."

누나라는 말이 소름 끼쳤다.

"여기 너 있을 데 못 돼. 가."

"누나가 야박하다. 어떻게 첫마디가 그러니."

여자가 내 어깨를 찰싹 때렸다.

"엄마 보러 온 김에 누나도 보려고 기다렸어. 괜히 앞서가지 마."

나는 여자가 따라놓은 맥주를 단숨에 마셨다.

"이렇게 능력 좋은 동생이 있는 줄 몰랐네. 아까부터 사장님 찾는 전화가 계속이야. 벌써부터 사장님 소리 들으면 앞으로 못해도 준재벌은 되겠다."

"사장 좋아하네. 어서 가. 몇 달 전까지만 해도 나한테 돈 좀 보내달라고 전화했던 게 너야. 정신 차려."

"쪽팔리게 그런 얘긴 왜 해. 사람이 좋을 때도 있고, 나쁠 때도 있고 그런 거지. 그때는 내가 불경기였다고."

준영은 가죽 손가방을 만지작거렸다. 엄마는 어쩌자고 저런 걸 여기까지 불러들였는지. 골치가 지끈거렸다. 제대로 걷지도 못하는 아이를 건사할 방법이 없어 엄마를 불러온 것인데. 이건 뜻밖이었다. 준영이 자리를 털고 일어났다.

"알았어. 갈게, 간다고. 얼굴 봤으니까 됐어."

준영이 테이블 위로 흰 봉투를 툭 떨어트렸다.

"나도 정신 차렸어. 누나한테 받은 거 다 갚으려면 아직 멀었지만. 병원비에라도 좀 보태."

봉투에는 수표가 여러 장 들어 있었다. 사람이 갑자기 변하면……. 그래도 돈이 싫지 않았다. 도둑고양이 하나가 눈을 번뜩이며 골목을 가로질러 달려갔다. 몸을 숨긴 고양이가 가날프게 울어댔다.

"작은누나 죽은 건 알아?"

공판장 여자가 슬그머니 일어나 안으로 들어갔다.

"뭐? 무슨 소리야?"

"뻔한 거 아냐. 돈 때문이지. 정선에서 망가졌어. 한번 발들이면 끝장이 나야 끝나는 데잖아. 코스대로 간 거야. 있는 돈 없는 돈 다 끌어다가 몽땅 다 잃고, 사채 들이고, 몸 팔고. 도망치다가 잡힌 모양이야. 그 소굴에서 사람 죽이는 건 일도 아닐 거고."

나는 준영의 멱살을 잡았다.

"왜! 내 허락도 없이 왜 죽어!"

준영이 담배를 꺼냈다. 나는 꼼짝할 수가 없었다. 눈물도 나지 않았다. 기가 막혀 아무 말도 못 했다. 그동안 내가 보내준 돈은, 내가 별채에서 보낸 시간은! 겨우 그렇게 죽으려고! 허망했다. 민영의 인생이 허망했다. 기운이 빠졌다. 그래도 봉투를 떨어트릴까 봐 손가락을 오므려 힘을 줬다. 동네 놀이터에서 쓰레기를 태우는지 매캐한 냄새가 났다. 너무 매워 그제야 눈물이 났다. 밤하늘에 별 같은 건 하나도 보이지 않았다.

*

옥탑방은 어른 셋이 눕지 못했다. 남편이 퇴원하기 전에 이사를 하기로 결정했다. 이번엔 지하였다. 아이 생각을 하면 햇빛이 들어야 하겠지만, 방 두 개를 얻으려면 어쩔 수 없었다. 별채에서 번 돈과 준영에게 받은 돈, 남자들에게 받은 금붙이들도 팔았다. 부족분은 공판장 여자에게 꿨다. 그렇게 모았는데도 갈 수 있는 데가 없었다. 겨우 찾은 곳은 공판장 여자가 사는 건물 맞은편의 다세대주택이었다. 이번엔 전세였다. 전세 계약만으로도 이렇게 마음이 든든한데, 내 집 계약을 하는 날에는 심장이 터질 것이었다.

아이는 공판장 테이블에 앉혀두고 엄마와 나, 준영이 짐을 옮겼다. 교대로 아이 옆에 앉아 숨을 돌리면 공판장 여자가 먹을 걸 챙겨줬다. 먼 거리도 아니고, 짐도 많지 않았지만 옥탑방과 지하방 모두 계단 때문에 곱절로 힘이 들었다. 아침부터 시작한 이사가 점심때가 되어 끝났다. 이사하는 날에는 자장면이라며 준영이 메뉴를 받아 적었다. 어른 넷 모두 자장면 곱빼기를 시켰다.

공판장 테이블에 둘러앉아 자장면을 먹었다. 햇볕이 뜨거웠다. 머리꼭지 타겠다며 엄마가 아이 머리에 거즈 수건을 올려줬다. 아이가 자꾸 소매로 입가를 닦으려고 하면, 어른들이 말렸다. 오물거리는 그 새카만 입가가 귀여워 쿡쿡 웃어댔다. 노란 단무지가 햇빛에 반짝였다. 식초 맛이 상큼했다.

"중국집은 왜 단무지를 많이 안 주지? 자장면 먹을 때 단무지 좀 원 없이 먹어보는 게 소원이네."

"맞어, 왜 그렇게 단무지 인심이 야박한지 몰라."

공판장 여자가 먹던 젓가락을 입에 문 채 단무지를 꺼내 왔다.

"드릴 건 없고. 자장면값보다야 싸지만."

준영이 헤벌쭉 웃으며 한 번에 대여섯 개씩 집어 먹었다.

그렇다고 그건 아니지. 다들 한마디씩 했다. 어른들이 와자하게 떠들자, 아이가 괜히 깔깔댔다. 나는 춘장 속의 고기를 골라 아이의 입에 넣어주었다. 엄마는 완두콩을 골라 먹이고, 준영은 단무지를 먹여주었다. 누구 하나 양파 한 조각 남기지 않고 싹싹 비웠다. 빈 그릇을 치우는데 아이가 그릇 수를 셌다. 하나, 둘, 셋, 넷. 우리 강아지, 숫자도 셀 줄 알아? 엄마가 아이를 번쩍 안았다. 잠자리 서너 마리가 머리맡에 맴돌았다. 아이가 손을 뻗자, 준영이 잡아주겠다며 골목을 펄쩍펄쩍 뛰어다녔다. 여자가 사이다도 내놨다. 준영이 잠자리를 잡아 아이에게 보여주자 여자가 실을 꺼내와 잠자리 몸통에 묶었다. 준영이 한 마리를 더 잡아, 두 마리가 되었다. 파르르득, 파르르득. 잠자리 날개 소리가 요란했다. 두 마리 잠자리를 붙였다 뗐다 장난을 치는 여자와 준영이 괜히 까르르 웃었다. 멋모르는 아이도 따라 웃었다. 해가 짧아 그림자가 길어졌다. 바람이 선뜻했다. 여름은 끝난 지 오래, 가을의 복판이었다.

나는 삼겹살집에 나갈 차비를 했다. 이사라고 점심 장사만 빠지기로 했던 것이었다. 준영과 함께 골목길을 내려왔다. 준영이 무슨 말인가 끝에, 공판장 여자가 몇 살이냐고 물었다.

"나보다 위. 왜?"

"누나가 더 늙어 보여서."

"어쩌라고."

"근데 왜 혼자야? 생긴 건 반반하던데."

"애 버리고 재가했는데, 거기선 애가 안 들어서서 쫓겨났대."

"요즘도 그런 사람들이 있어? 하긴, 여자가 좀 드세게 생겼더라."

"오지랖도 넓어서 골목대장이야."

"돈은 좀 있나? 장사는 잘되는 모양이던데."

"있으면?"

"꼬셔보게."

나는 걸음을 멈췄다. 농담이야, 준영이 어색하게 웃었다. 일하러 가기 싫은 날이었다. 유난히 그런 날이 있었다. 사거리에서 준영과 헤어지려는데 태민의 오토바이가 나를 위험하게 스쳐 지나갔다. 아는 애야? 준영이 물었지만 나는 고개를 저었다. 태민이 멈추더니 뒤돌아 나를 쳐다봤다. 나는 준영을 보내고 삼겹살집으로 들어갔다. 손님은 아직 없었다. 사장 내외가 이사는 잘했느냐 물으며 인사를 받았다. 어서 오세요, 안주인이 큰 소리를 쳤다. 앞치마를 두르고 뒤돌으니, 태민이 중앙 테이블에 앉아 있었다.

태민은 휴대폰을 놓지 않고 계속 친구들을 불러냈다. 아이들은 가게로 들어설 때마다 나를 보고 흠칫했다가, 이내 킥킥거리며 웃어댔다. 왕백숙집에서 본 아이들이었다. 태민은 가게가 떠나가도록 소리쳤다. 거기, 아줌마! 아줌마 이리 와봐! 그럴 때마다 손님들이 일제히 태민을 쳐다보곤 했다. 먹성은 여전했다. 오 인분씩 세 번을 먹었는데도, 또 나를 불렀다. 이번에는 소주도 달라는 것이었다. 사장이 못 참겠다는 듯이 달려왔다.

"미성년자 아냐?"

"웃기시네. 우리 삼촌이 경찰이야. 불러볼까? 아줌마, 말 좀 해줘. 우리 삼촌이 아줌마 단골이었잖아."

사장이 인상을 쓰며 나를 쳐다봤다.

"아줌마 아는 애들이야?"

나는 뭐라 대답할지 몰라 고개만 주억거렸다.

"이러다가 신고 들어가면 어쩌려고 그래?"

"제가 알아서 할게요."

"아줌마가 뭘 책임진다고 그래. 기껏 일이나 그만둘 거 아냐. 나더러 장사를 하라는 거야, 말라는 거야. 대체 어디서 이런 개망나니들을 불러온 거야, 응?"

사장이 투덜거렸다.

"손님이 달라는데 존나 말 많네. 여기 장사 안 해? 돈 안 벌어? 아줌마 돈 환장하게 좋아하잖아?"

결국 한 테이블의 손님들이 짜증을 내며 일어났다. 사장이 계산을 하러 카운터로 간 사이, 태민이 내 엉덩이를 툭 쳤다.

"아줌마, 노래 하나 할래? 잘하면 팁 후하게 줄게."

어느새 사모님이 내 옆으로 다가와 속삭였다.

"돈은, 있는 애들이야?"

그때 가게로 태민의 과외 선생이 들어왔다. 형! 태민이 벌떡 일어나 과외 선생의 어깨에 팔을 둘렀다. 과외 선생은 나를 보자 흡, 하고 숨을 멈췄다. 과외 선생이 합류하자 태민은 마음 놓고 술을 시켰다. 콜라, 밥, 냉면, 종류가 다른 고기 등을 두서없이 달라고 했다. 사장이 영 마뜩잖아하자, 태민이 바닥에 뭔가를 탁 집어 던졌다. 카드였다.

"아줌마가 그거 주워서 긁어와."

받아 든 카드에는 왕 사장의 이름이 박혀 있었다. 가게 문을 닫을 때까지 태민의 무리들이 먹은 건 사십사만팔천 원이었다. 그날 매상 중에서 가장 큰 금액이었다. 금액을 확인한 사장은 더 이상 아무것도 묻지 않았다.

가게를 나오자 기다렸다는 듯이 태민이 내 뒤에 달라붙었다. 고기 누린내와 담배 냄새가 훅 끼쳤다. 징그러운 것을 털어내듯 걸음을 빨리했다. 사장 내외에게 들키기 싫었다. 태민이 내 어깨를 세게 잡았다. 이거 봐!

"졸라 비싼 척하시네."

"왜 나한테 그래. 용선이 있잖아. 거기서 지랄 떨어. 너는 네 아버지 거 뺏는 게 재미있다며. 취미라며!"

"아빠가 건들면 죽여버린다잖아. 새엄마 되실 몸이래. 아우, 씨발, 좆 같아. 이게 무슨 개 같은 경우야."

냅다 집어 던진 담배 불똥이 저 멀리로 날아갔다.

"아줌마, 나랑 갈래?"

"돈 안 주면 안 해."

*

남편의 입원이 예상보다 길어졌다. 원무과에서는 매달 중간 결산을 요구했다. 버는 돈을 전부 병원에 갖다 바쳤다. 어느 날부터는 엄마가 부업을 하고 있었다. 플라스틱 장신구나 구슬을 옷에 붙이는 일을 했다. 아이는 엄마 옆에 앉아 구슬을 만지작거리며 하루를 보낼 것이었다. 남편이 퇴원을 해야 아이의 치료를 시작할 수 있었다. 살면서 단 한 번도 변하지 않은 게 있다면, 언제나 수중의 돈보다 더 많은 돈이 필요하다는 것이었다.

한동안 들락거리던 준영의 발걸음이 뚝 끊겼다는 걸 깨닫기까지는 오래 걸리지 않았다. 팔팔 끓는 물에 풀어놓은 계란을 막 넣으니, 계단 내려오는 발소리가 들렸다. 그러더니 곧 현관문이 흔들렸다.

"문 열어! 문 안 열어! 그 새끼 내놔! 어디 숨겼어!"

공판장 여자였다. 계란국이 부르르 넘쳐 가스레인지 불이 꺼졌다.

엄마는 여자 앞에 무릎을 꿇었다. 나는 엄마를 말렸지만 내 말을 들을 상황이 아니었다. 잠에서 깬 아이가 엉덩이를 밀며 천천히 다가와 내 등에 매달렸다. 여자는 두 눈이 벌겠다. 차용증을 들고 있는 손이 부들부들 떨렸다. 그러니까, 엄마, 다시 말해봐. 준영이가 어쨌다고?

"돈이 필요하다고 해서……."

"이 집에 돈이 있을 리 없잖아."

"전세 계약서만 있어도 돈을 빌려준다고 하더라."

"아니, 그래서 계약서를 훔쳐 줬어?"

"며칠만 쓰겠다고 했어. 급하게 터진 일이라서 자금 융통이 안 된다고. 이것만 막아 투자 금액이 확정되면, 이익배당금이 나온대."

"그걸 말이라고."

"내 돈은? 내 돈은 어떻게 할 거야? 내가 어떻게 번 돈인데!"

여자가 내 어깨를 밀었다. 나도 똑같이 여자의 어깨를 밀었다.

"왜 쳐! 말로 해. 그리고 똑똑히 들어. 난 사인한 적 없어."

"왜 이래. 여기, 자기가 갚겠다고 쓰여 있고, 자기 도장 찍혀 있어. 자, 봐봐. 서윤영. 맞지?"

"엄마!"

"도장은 다시 갖다 놨어."

"넌 미쳤다고 그 많은 돈을 왜 빌려줘서 이 난리야."

"너 믿고 그랬다. 너는 이 집에서 가장 멀쩡한 인간이잖아!"

"날 왜 믿어. 네가 날 뭘 안다고 믿어 믿기는. 솔직히 말해. 젊은 애가 꼬드겨서 넘어간 거라고. 그래 놓고, 뭐? 날 믿어?"

"내가 미쳤어? 그런 날건달한테 왜 넘어가!"

"아니, 우리 애가 건달은 아니지."

"엄만 뭘 잘했다고, 그 입 좀 다물어!"

"싸가지 없는 것. 제 엄마한테 말하는 꼬락서니하고!"

"지금 이게 다 누구 때문에 벌어진 일인데! 엄마가 왜 나서, 나서긴. 뭘 안다고 그런 것을 믿어. 아직도 모르겠어? 딸

년 하나 잡아 잡수셨으면 정신 차려야지!"

"지금 민영이 이야기는 왜 꺼내!"

"민영이도 엄마가 말리지 않았잖아. 그렇게 살도록 놔뒀잖아. 잘못된 방법으로 버는 돈인데도 말리지 않았잖아."

"내가 개보고 도박하라고 했어? 내가 몸 팔라고 했어? 나그렇게 가르친 적 없어! 어느 부모가 그런 걸 시켜!"

"그럼 준영이는? 지금 도둑질시켜 돈 벌어오라고 한 게 엄마잖아!"

여자가 냉장고 문을 열어 물을 찾아 벌컥벌컥 마셨다.

"내 돈은 어떡할 거야."

"그래, 모두 이 엄마 탓이지. 낳아 키워줬더니 고작 하는 이야기가 그거지. 그게 나 혼자 잘살자고 그런 거냐?"

"이건 말이 안 되잖아, 엄마. 인감도장을 훔쳐서 사기를 쳐! 다른 사람도 아니고 자식이잖아! 엄마라는 사람이 그걸 말려야지, 좋다고 부추겨? 난 엄마 자식 아냐? 왜 나한테만 이러는데!"

"법대로 하자. 법대로 합시다."

여자가 말하더니 냉장고를 열어 사과 하나를 꺼냈다. 어디서 찾았는지 과도도 꺼내 껍질을 벗겨 한입 베어 물었다. 나는 엄마한테 소리쳤다.

"내 도장 훔쳤으니까 엄마도 공범인 줄 알아."

"지금 피붙이를 고발하겠다는 거야?"

"그럼, 이 돈을 내가 왜 갚아! 내가 무슨 수로 갚아!"

"나쁜 년, 찔러도 피 한 방울도 안 나올 년! 이런 패륜아 같은 년아!"

결국 아이가 눈물을 터트렸다. 엄마와 내가 소리를 질러대니, 아이가 여자에게로 기어갔다. 여자가 아이를 추슬러 안아올렸다. 여자 품에 안기자 아이가 제 손등으로 눈물을 훔쳤다.

"집안싸움은 나중에 하고, 각서부터 써. 내 눈앞에서 네가 직접 써."

한 팔로 아이를 안은 여자는 다른 손에 칼을 쥐고 있었다. 뒷목에 힘이 들어갔다. 나는 숨을 가누고 천천히 아이를 불렀다.

"아영아, 이리 와. 엄마한테 와."

아이가 고개를 돌려 여자 품으로 파고들었다. 아가, 할미한테 오자. 엄마가 목소리를 누그리고 다가가자, 여자가 칼을 쥔 손을 번쩍 들어 보여줬다.

"어서 써. 네가 갚겠다고 내 앞에서 써. 못 갚으면 장기라도 팔겠다고 써!"

"안 쓰면 어떡할래?"

"이거 안 보여?"

여자가 한 발짝 뒤로 물러섰다. 그러더니 씩 웃으며 칼을 아이의 뒷목에 갖다 댔다.

"그래, 차라리 죽여. 그 혹 없으면 나도 편하겠다. 죽여. 죽이고 나도 죽여. 다 필요 없어! 죽으면 죽었지 난 그 돈 못 갚아!"

엄마가 내 등을 오지게 후려쳤다.

"너 같은 게 어미냐! 어디 애 앞에서 그런 말을 해! 어서 써. 시키는 대로 써!"

"싫어!"

"너부터 내 손에 한번 죽어봐라. 제 자식 버리는 년을 딸년이라고."

엄마가 주먹을 휘둘러 나를 때리기 시작했다. 얼굴이고 팔이고 등짝이고, 엄마는 두 팔을 마구 휘둘렀다. 넘어지자 발로 차댔다. 옆구리와 뒤통수를 맞고 있다 보니 허허로웠다.

"그래서 어디 죽겠어! 더 때려야지! 그래, 자식 셋 다 죽어야 엄마도 정신을 차리지! 엄마도 당해봐. 자식 다 죽이고 혼자 살아남아봐!"

아이고! 엄마가 널브러졌다. 아이고, 아이고. 엄마의 마른 통곡이 그치지 않았다. 나는 맥없이 그대로 바닥에 벌렁 누윘다.

"애 내려놔. 너 마음대로 다 해줄게."

천장 모서리에 검은 곰팡이가 새카맣게 껴 있었다. 지하의
습기가 섞인 퀴퀴한 냄새가 났다. 위로 일층부터 삼층까지,
열 가구가 넘게 살고 있었다. 어쩐지 그들의 이십사 시간이
모두 내 어깨 위에서 움직이고 있다는 느낌이 들었다. 어엄
마. 아이가 조심스럽게 나를 불렀다. 내가 팔을 벌리니 아이
는 오히려 주춤댔다. 나는 억지로 입을 벌려 웃었다. 그제야
아이가 엉덩이를 움직여 내게 다가왔다. 너를 어쩌면 좋으니.
나는 또 어쩌면 좋으니.

엄마가 여자 앞에서 무릎을 꿇고 싹싹 빌어도 나는 말리지
않았다. 눈물이 나는데 웃고 있는 입이 다물어지지 않았다.

*

남편이 퇴원한 날은 눈이 내렸다. 십일월 중순이었는데 첫
눈이었다. 택시는 놀이터 주차장까지밖에 올라오지 못했다.
골목이 좁아 더 이상 차가 들어설 수 없었다. 발목에서부터
접질린 다리는 회복이 더뎠다. 다리에 박아 넣은 철심은 평생
주기적으로 바꿔야 한다고 했다. 그보다도 지금 당장 아무것

도 할 수 없는 상태라는 것이 기가 찰 노릇이었다. 내가 잡아 줘도, 목발을 짚어도 걷질 못했다. 병원에서도 퇴원은 무리라고 했다.

"당신들이 병원비 낼 거 아니면 퇴원시키라고요."

남편은 갑자기 퇴원 수속을 밟는 내게 왜 그러느냐 묻지 못했다. 내내 죄인처럼 내 눈을 쳐다보지 못했다. 나는 그러지 말라고도 하지 않았다. 멀쩡한 몸 축나 돈 들게 하는 것, 그게 죄였다. 돈도 못 버는 주제에 병원비까지 축내는 가장은 죄인이었다. 남편의 어깨를 부축해 걷는데 진땀이 흘렀다. 그래도 길거리에 버려두고 나 혼자 집으로 돌아갈 수는 없었다. 아이씨. 업혀.

남편이 체중을 실어 업히자 예상하지 못한 무게 때문에 그만 무릎을 바닥에 찧고 말았다. 무릎이 젖었다. 눈발이 굵어졌다. 다시 업혀봐. 이를 악물고 허리에 힘을 줬다. 나도 모르게 끙, 소리가 났다. 넘어지지는 않았지만, 첫 한 발짝 떼는 일이 엄두가 나지 않았다. 하지만 앞으로 나아가야 했다. 가야만 하는 길이었다. 나는 숨을 크게 들이쉬었다. 처음 한 발짝이 다음 한 발짝을, 다시 한 발짝을 디딜 수 있게 했다. 대여섯 걸음을 가고 멈추어 섰다. 남편은 숨 쉬는 것도 조심스러워 바들바들 떨었다. 나는 처음부터 다시 시작했다. 허리에 힘을 쥐 업고, 부들거리는 다리로 몇 발짝 걷다 멈췄다. 숨을 가눌 때마다 하얀 입김이 쏟아졌다. 학, 학, 학, 학. 골목에 내 숨소리가 가득 들어찼다. 송이가 더 굵어진 눈이 펑펑 쏟아졌다. 진창이 되기 전에 서둘러야 했다. 집까지의 거리가 내 일생의 모든 밤보다 더 길게 느껴졌다. 멈췄다 움직이기를 몇 번을 더 해야 끝이 날까. 끝이, 있기는 할까. 나는 남편의 허벅지를 세게 붙잡아 내 등에 바짝 붙였다.

용선이 입은 분홍색 개량 한복이 고왔다. 앞치마를 두르지 않고 카운터에 앉아 있는 용선에게, 나도 모르게 고개를 꾸벅 숙였다.

"앉아서 기다려요. 사장님 곧 올 거야."

주방에 있던 이모님과 언니가 나를 보고 이쪽으로 나오려는데, 용선이 눈치를 줬다. 나는 주방을 향해 알은체를 했다. 언니가 용선의 뒤통수에 대고 입을 삐죽거리며 째려봤다.

"여기가 그리우셨지?"

왕 사장이 느물거리며 내 옆구리를 쿡 찔렀다. 왕 사장의 얼굴을 보니 왕백숙집이라는 게 실감이 났다.

"오늘부터 할래? 안 그래도……."

왕 사장이 별채 쪽으로 고개를 돌렸다. 용선도 창밖으로 고개를 돌렸다. 얼핏 봐도 용선의 아랫배가 불룩했다. 나는 알겠다고 했다.

방에서 유니폼을 꺼내 입으면서 나는 몇 달 전보다 살이 빠졌다는 걸 알았다. 허리를 한 번 접어 올려 입은 다음 머리를 묶어 머리망에 넣었다.

별채의 남자는 어디선가 본 듯했다. 눈을 마주치지 않으려고 했다. 어, 뭐야! 남자가 물러나면서 소리를 쳤다. 남자의 성기에 피가 묻어 있었다.

"야! 닭아! 아, 재수 없어. 넌 생리하면서도 손님 받냐?"

"할 날짜가 아니거든요."

"그럼 네가 처녀란 말이야? 어, 너 병 있어?"

아니라고 말했지만 생리가 맞았다. 아이를 떼고 나서 생리 날짜가 바뀐 걸 잊어버렸던 것이었다. 몸은 물과 같아 고이면 흐르고, 마르면 채웠다. 없앤 아이의 흔적은 사라지고 다시 아이를 가질 수 있는 몸으로 회생되었다. 팬티에 묻은 검붉은 피를 보며 나는 진저리를 쳤다. 몸의 본능이, 새끼를 향한 본능이 끔찍했다.

사거리에 내리자마자 승합차가 출발했다. 삼겹살집의 간판불이 픽 꺼졌다. 자정이 가까운 거리가 조금 더 어두워졌다. 근처의 좌판 청년도 자리를 정리하고 있었다. 내가 입고 있던 치마도 좌판에서 산 것이었다. 청년과 목례를 했다.

"저기, 옷 장사 하면 좀 벌어요?"

"왜 그러시는데요?"

청년은 손을 멈추지 않았다. 박스에 옷을 넣고, 그걸 트럭에 실었다.

"나랑, 술 한잔할래요?"

삼겹살집 내외가 가게에서 나와 문을 잠그고 있었다.

"제가 왜요?"

청년이 멀뚱하게 쳐다보더니, 대꾸 없이 트럭에 올라 사라졌다. 신호가 깜빡거리는데 삼겹살집 내외가 뛰어 횡단보도를 건너갔다. 사거리가 더 어두워졌다. 코끝이 시렸다. 다른 계절에 비해 겨울은 참 빨리 찾아왔다. 발걸음을 뗄 때마다 아랫배가 당겼다.

"왔어?"

남편과 엄마가 동시에 말했다. 둘은 이마를 맞대고 앉아 줄넘기 끈에 방울을 달았다. 아이는 그 옆에서 몸을 동그랗게 구부려 자고 있었다. 헐렁한 내복 바지 바깥으로 불거져 나온 아이의 하얀 발이 앙상했다.

"눈 와?"

"아니."

"그런데 왜 얼굴이 젖었어?"

엄마가 허리를 펴며 나를 빤히 쳐다봤다. 엄마의 등 뒤로 방울 자루가 수북했다.

"나는 내일부터 일하는 줄 알았지."

"하루라도 놀면 뭐해."

나는 옷을 갈아입고 엄마와 남편 옆에 앉았다. 엄마가 말렸다.

"그냥, 자."

말리고 싶은 건 정작 나였다. 내가 몸 한 번 팔면 당신들이 한 달 일한 것보다 더 벌어. 그러니 하지 마, 라고 말할 수는 없었다. 아무것도 안 하는 것보다야 나았으니까. 또 방울이라도 다는 것이 엄마와 남편의 최선일 테니까.

"졸릴 때까지만 할게."

남편이 엉덩이를 움직여 자리를 만들어줬다. 철심을 넣은 다리가 구부려지지 않아 늘 다리를 죽 펴고 지냈다. 나는 밟지 않게 조심하며 남편의 다리 앞으로 앉았다. 엄마와 남편에 비해 내 손놀림은 느렸다. 그래도 몇 개라도 하고 자야 마음이 편할 것 같았다. 좀 지나자 엄마가 아이를 안고 넘어갔다.

남편과 나는 고개를 숙이고 묵묵히 방울을 달았다. 골목 밖으로 취객의 느린 발걸음 소리가 들렸다. 눈알이 빠질 것 같아 자리에서 일어났다. 일어나다, 그만 방울 자루를 건드렸다. 자루가 입을 벌려 쓰러졌다. 갇혔던 물이 터지듯 수천 개의 방울이 바닥으로 쏟아졌다.

*

차르르, 차르르, 차르르르. 잠결에도 구슬 넘기는 소리가 들렸다. 콩나물 비린내가 맡아졌다. 눈을 떴다. 천장 모서리를 따라 온통 새카맸다. 곰팡이가 점점 번지고 있었다. 달그락거리는 소리가 들렸다. 남편과 엄마, 아이가 상에 둘러앉아 먼저 밥을 먹고 있었다. 배가 고팠다. 콩나물국만 좀 마신 뒤에 나갈 차비를 했다. 아랫배가 자꾸 불편해 나도 모르게 허리가 굽혀졌다.

지하 계단을 올라가는데, 엄마가 뒤따라 나왔다. 왜?

"오늘, 돈 나가는 날이야."

"알아. 준영이는?"

"연락이 안 된다."

"그래도 계속 전화해. 나 속이려고 하지 말고."

안 그래도 어제 왕 사장에게 말을 해놓았더랬다. 왕 사장이 꺼내준 새 수첩의 맨 앞에는 서윤영, 내 이름이 적혀 있었다. 몇 번까지 적혀 있는지는 넘겨보지 않았다. 지하와 달리 바깥은 너무 눈이 부셨다. 나는 고개를 돌렸지만 소용없었다.

공판장 앞의 호빵 찜통에 뽀얀 수증기가 가득이었다. 공판장 여자와 마주치기 싫어 보폭을 좁혔다. 골목에서 나온 사람들은 모두 종종걸음으로 아래를 향했다. 나도 서둘렀다. 사거리에는 이미 승합차가 도착해 있었다. 늦었다고 아침부터 왕 사장한테 한마디 들었다.

바람이 거세게 불었다. 경계 표지판이 심하게 흔들렸다. 시에서 도로 들어섰을 때, 안녕히 잘 가시라는 말 때문에 다른 세계로 들어간 것 같았다. 금세 물가가 나왔다. 곧 얼음이 얼 것이었다. 왕백숙집으로 출근하던 첫날 아침의 풍경은 바뀌지 않았다. 나는 누구보다 참는 건 잘했다. 누구보다도 질길 수 있었다. 다시 시작이었다.

작가의 말

계간지『자음과모음』2010년 봄호와 여름호에 분재했던 소설을 책으로 낸다.

작년 이맘때는 소설의 후반부를 쓰고 있었다. 마침 그 무렵에 내놓은 단편집과 맞물리는 색감이어서, 소설에 대한 집중보다는, 스스로를 검열하느라 무수한 밤을 괴로워했다. 그래도 어떻게든 써야만 하는 이야기라고 나를 몰아갔다. 끝까지 쓰는 것만이 내가 할 수 있는 일이었다.

책으로는 조금 늦게 내놓고 싶었다. '물가'를 배경으로 하는 두어 편의 단편을 추가해서 함께 엮으면 어떨까 했는데, 사정이 여의치 않았다. 매도 먼저 맞는 게 낫겠다는 생각으로 출간을 결정했다. 심진경 선생님께서 삐딱한 나를 다독여주시고, '자음과모음'이 기다려준 결과다. 또다시, 무수한 밤을 괴로워했음은 물론이고.

귀우 윤희주와 손정혜에게 감사하다는 인사를 건넨다.

블로그에서 나의 어눌한 문장을 읽어주는 당신들에게도, 지면으로는 처음으로 감사하다는 인사를 건넨다.

무엇보다도 이 소설 때문에 나처럼 괴로웠을 남편에게 각별한 감사를 건넨다. '내가 쓰는 소설의 의미'와 '식구가 쓰는 소설의 의미'를 어떻게 구분해야 하는지, 이 소설을 쓰면서 비로소 깨달았다. 언제나 나에게 최선인 남편에게 진심으로 미안하다.

어느 겨울이든 그러하겠지만, 지난겨울은 유난히 더 춥고, 지난했다. 진작 봄인데, 아직도 겨울의 복판에 서 있는 기분이다. 어느 계절이 되어도, 지난겨울을 아파할 것이다. 그것이 나의 도리라고 생각한다.

이 『환영』은 마지막 문장에서부터 시작되었다는 걸 기록해둔다.

무엇보다도, 그 문장을 읽어준 당신에게 감사하다는 인사를 건넨다.

2011. 6.
김이설

젊은 도시, 오래된 성(性)
ㅣ이승우, 김연수, 정이현, 김애란 외

같은 시간, 다른 공간에서 탄생한 '도시'와 '성(性)'에 관한 이야기! 국내 최초로 시도되는 한중일 문학 교류 프로젝트의 첫번째 결실로, 3국의 작가들이 각각 다른 소재와 서사와 문체로 공통의 주제인 '도시'와 '성'을 말한다.

아가미 ㅣ구병모 장편소설

죽음과 맞닥뜨린 순간, 생을 향한 몸부림으로 아가미를 갖게 된 남자와 그를 사랑한 이들의 가혹한 운명을 그린 소설. 작가 특유의 상상력과 개성 넘치는 서사로 절망적인 현실을 판타지적 요소로 반전시킨 참혹하면서도 아름답기 그지없는 작품이다.

그녀의 집은 어디인가 ㅣ장은진 장편소설

온몸에 전기가 흐르는 여자 제이와 상처를 간직한 채 살아가는 불우한 두 남자 와이와 케이가 제이의 집을 찾아다니는 두 달간의 여정을 보여준다. '고립'과 '소통'에 대한 고민을 따뜻한 어조로 깊고 풍부하게 담아냈다.

옷의 시간들 ㅣ김희진 장편소설

시대에 소외받고 상처받은 현대들이 모여 시름을 나누는 곳, 빨래방. 그곳에서 지금 막 이별한 여자와 이별을 준비하는 남자가 만났다. 누구나 겪을 수밖에 없는 '관계'의 문제를 톡톡 튀는 문장과 무겁지 않은 서사로 경쾌하게 그려냈다.

일곱 개의 고양이 눈 | 최제훈 장편소설

무한대로 뻗어가지만 결코 반복되지 않는, 단 한 편의 완벽한 미스터리를 꿈꾸다! 하나의 코드 혹은 전체의 서사를 엮어 계속해서 생성되고 소멸되는 이야기의 향연. 출구를 찾을 수 없는 미로 같은 이번 작품은 작가의 무한한 상상력의 결정판이다.

라이팅 클럽 | 강영숙 장편소설

글쓰기를 빼놓고는 그 삶을 상상조차 할 수 없는 두 여자, 평생 '작가 지망생'으로 살아온 싱글맘 김 작가와 그녀의 딸 영인. 글쓰기란 삶 전체를 대가로 하는 모험일 수밖에 없다는 것을 온몸으로 증명하는 이 두 여자의 이야기다.

키위새 날다 | 구경미 장편소설

아내의 죽음을 국제상사 여주인 탓으로 돌리는 아버지. 큰딸 은수와 막내아들 경수는 아버지의 복수극에 반강제로 가담하게 되는데……. 느닷없는 복수극을 통해 슬픔을 극복해나가는 은수네의 유쾌하면서도 애잔한 이야기가 펼쳐진다.

15번 진짜 안 와 | 박상 장편소설

삶의 잽을 극복하기 위한 박상의 현실 초월 멜로디! 세상의 경계와 한계에 치여 '선을 넘어버릴 테다'라고 선언한 후 런던으로 떠나버린 고남일의 포기할 수 없는 것에 대한, 살아 있는 것에 대한, 끝내 살아남는 것에 대한 이야기.

비즈니스 | 박범신 장편소설

국내 최초 한·중 동시 연재, 동시 출간! 천민자본주의의 비정한 생리에 일상과 내면이 파괴되어가는 사람들의 풍경을 서늘한 만큼 날카로우면서도 가슴 저리게 그려낸 박범신의 새 장편소설.

살인자의 편지 | 유현산 장편소설

제2회 자음과모음 네오픽션상 수상작. 아무런 흔적도 없이 교수형 매듭의 밧줄을 이용해 연쇄살인을 하는 범인, 그를 추적하는 사람들의 이야기가 등장인물의 심리와 내면에 초점을 맞춰 설득력 있고 박진감 넘치게 전개된다.

브로콜리 평원의 혈투 | 듀나 소설집

흡입력 있는 소설을 쓰는 작가, 듀나의 새 소설집. 판타스틱하면서도 괴기스럽고, 때로는 당혹스럽기까지 한 거대 우주 프로젝트들, 시공간을 초월한 음모와 비밀들이 거침없이 펼쳐진다.

오렌지 리퍼블릭 | 노희준 장편소설

1990년대 강남 오렌지들의 이야기! 타자화된 욕망에 의해 움직이던 주인공 '준우'가 하나의 주체로 서게 되기까지의 여정을 그린 성장소설. 강남 오렌지들의 유복함 뒤의 상처와 공허, 분노가 작가의 경험을 바탕으로 매우 생생히 그려져 있다.

소현 | 김인숙 장편소설

소현세자의 숨 막히는 운명과 대격변의 정점에 놓여 있던 조선의 얼굴을 장대하면서도 섬세하게 그린 소설. 청나라가 명나라와의 전쟁에서 승리를 거두고 중국 대륙을 제패하던 시점, 소현세자가 볼모 생활을 마치고 환국하던 1645년 전후의 이야기를 담고 있다.

A | 하성란 장편소설

전대미문의 참사 '오대양 사건'을 모티프 삼아, 한 시멘트 공장에서 일어난 의문의 집단 자살을 그렸다. 작가는 소설 속 인물들이, 그리고 소설 밖 우리들이 벼랑 끝에 서 있음을 가감 없이 보여준다.

4월의 물고기 | 권지예 장편소설

"얼마나 더 사랑할 수 있을까?" 천사와 악마를 동시에 사랑한 한 여자의 애절한 사랑. 선과 악이 얽힌 인간의 양면적 본성을 파헤치며 엉킨 실타래처럼 복잡한 사랑의 내면을 조심스럽게 들춰낸다.

오즈의 닥터 | 안보윤 장편소설

제1회 자음과모음 문학상 수상작. 위조되거나 날조된 기억을 안고 살아가는 현대인의 모습을 통해 우리의 기억은 실재하는 것인지 꾸며낸 것인지, 그리고 과연 안전한 것인지를 자문하게 만든다.

환영

ⓒ 김이설, 2011

초판 1쇄 발행 2011년 6월 17일
초판 2쇄 발행 2011년 6월 24일

지은이   김이설
펴낸이   강병철
주간   정은영
책임편집   박소이
편집   이수경 황여정 최민석 서지석
제작   장성준
영업   조광진 안재임 강승덕
마케팅   박제연 정지운
웹홍보   정의범 한설희 전소연 이혜미 김성아

펴낸곳   자음과모음
출판등록   2001년 5월 8일 제20-222호
주소   121-753 서울시 마포구 동교동 165-1 미래프라자빌딩 7층
전화   편집부 02) 324-2347 경영지원부 02) 325-6047
팩스   편집부 02) 324-2348 경영지원부 02) 2648-1311
이메일   munhak@jamobook.com
홈페이지   www.jamo21.net

ISBN 978-89-5707-566-1 (03810)